帝国電撃航空隊 3

珊瑚海最終決戦

林　譲治

コスミック文庫

この作品は二〇二〇年八月に電波社より刊行された『帝国電撃航空隊3』を加筆訂正したものです。

なお本書はフィクションであり、登場する人物、団体等は、現実の個人、団体、国家等とは一切関係のないことを明記します。

目　次

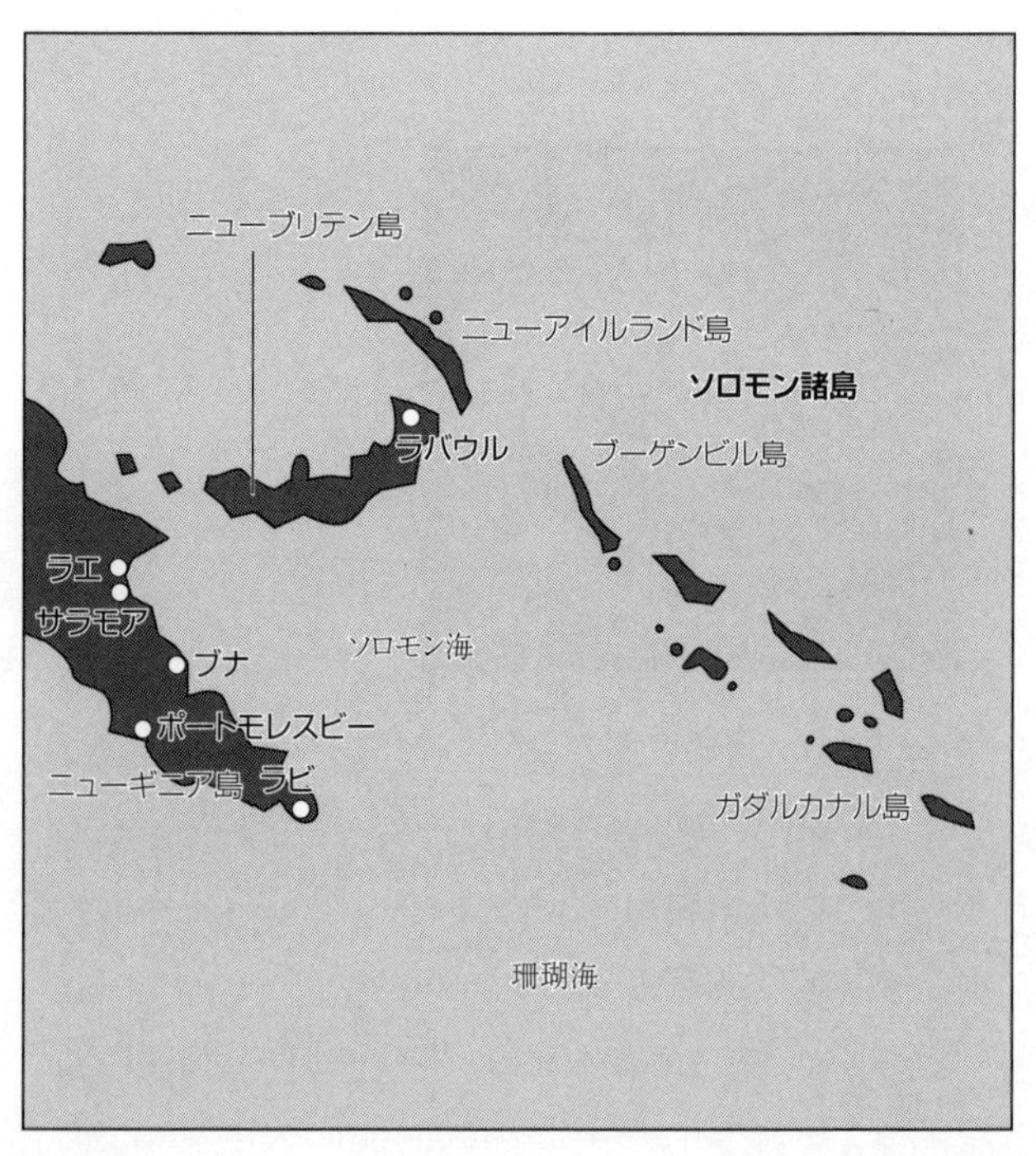
ニューブリテン島
ニューアイルランド島
ソロモン諸島
ラバウル
ブーゲンビル島
ラエ
サラモア
ソロモン海
ブナ
ポートモレスビー
ニューギニア島
ラビ
ガダルカナル島
珊瑚海

プロローグ　国産四発機誕生

1

昭和一七年夏、ラバウル。

一機の三座複葉機がラバウル近海上空を飛行していた。

旧式の三座機が飛行しているのには意味があった。新兵器の試験の必要から、操縦席はオープンである必要があったためだ。

「実験を開始する」

無線員がそう告げる。すでに三座機はかなりの低空を飛行していた。上空とはいえ海面すれすれという水準である。

無線員は通信を終えると、通常なら機銃を載せる銃架に新兵器を置いた。それは、単純にいえば鉄パイプだった。肉厚は薄い。

「後方安全、宜候！」

航法員が安全確認を行うと、無線員が引き金を引く。五七ミリの鉄パイプから砲弾が飛び出し、同時に反対側の砲身から金属板が飛び出した。

砲弾の初速は、火砲としてはかなり低い。しかし、それだけ反動はない。バランスウエイトが相殺するためと、もともと装薬が少ないためだ。

だが、砲弾は線条にしたがい回転しながら、少しするとロケットモーターが着火し、回転しながら初速を上げていく。そして、砲弾は海上に展開している巨大な標的になんとか命中した。

「風の影響はどうにもならんな」

機長はそのことを再確認する。

この航空機用火砲は、敵重爆を撃破するために開発されたものだ。

もともとは、イギリスが第一次世界大戦時に飛行船などを撃破するために開発したバーニー砲が原点だ。あの火砲は反動を相殺するため、砲弾と同じ重量のバランスウエイトを砲身の反対側から撃ち出すという構造だった。

ただ、さすがにその構造は問題が多いので、日本海軍もそのままの姿でバーニー砲は採用できなかった。

航空機に五七ミリクラスの火砲を搭載するというのは、旧式の戦闘機や攻撃機に搭載して敵重爆を撃破し、基地の安全を図る点にある。また陸軍との共闘で、対地上攻撃の火力増強の意図もあった。単純計算ながら、この火砲で敵戦車を上空から攻撃すれば、ほとんどの戦車が撃破できるはずだった。

つまり、敵戦闘機と真正面から戦わない限り、大火力によりすでに二線級の航空機も戦力化できるということだ。これは、ミッドウェー海戦で空母三隻を失った日本海軍にとっては無視できない点である。

ただ、構想はかのごとく素晴らしいのだが、実現となると難しかった。問題は、やはり反動だった。初速を確保しようとすれば、反動の相殺は容易ではない。

飛行機に載せるという制約から、どうしても軽量にする必要があり、これは問題を複雑にした。

結局、この問題は発射を低初速で行い、それから砲弾を加速するというやり方で解決がついた。

つまり、低速で砲弾を撃ち出せば、バランスウエイトは低速で排出される。そして、低速で撃ち出された砲弾は砲身から離れたら、ロケットモーターに点火して加速する。そうすれば弾着時には高速弾になる。

機載の五七ミリ砲としては、これで問題は解決した。残るのは弾道性能であった。

地上で試験すれば命中精度は許容範囲だが、こうして飛行機から発射すると、どうしても風の影響を受けてしまうのだった。

「艦船の攻撃には使えるかもしれないが、重爆相手となると難しいな、これは」

機長はそうつぶやく。

いや、じっさい重爆攻撃はできるだろう。というより、重爆への攻撃しかできない。巨人機ならどこかに命中するとしても、単座の小型機ではよほどの名人でなければ命中させられない。

そして、小型の単座機なら機銃で撃墜できるのだ。

「さもなくば陸軍の襲撃機向けか」

とはいえ、この新型砲を失敗と言うのも、機長は違う気がした。この複葉の三座機で曲がりなりにも五七ミリ砲が使えるというのは、事件と言っても間違いない。要するに使い方なのだ。どう使うのが効果的なのか？　機長はそれを考える。

その時、彼らの上空を何かが通過する。

「機長、重爆です！　友軍の！」

それは彼らが初めて見る機体だった。

塗装は陸攻のそれであり、確かに陸攻としか呼べないだろう。ただし陸攻より一回り大きく、なによりそれは双発ではなく四発機であった。

「あいつなら、この大砲を積めそうだな」

2

浅沼（あさぬま）中佐は航空輸送隊の指揮官だった。彼の傘下には二式輸送機が六機あった。二式輸送機とは、フィリピンなどで鹵獲（ろかく）したB17爆撃機を日本の規格に合わせてコピーし、国産化したものだ。

とはいえ、日本にライトサイクロンエンジンがあるはずもなく、当面は金星エンジンで、その後は火星エンジンを搭載することになっていた。

双発から四発にするというのは、エンジンの数も倍となるわけで、エンジンの生産数に対して機体生産数の調整が必要と考えられたのである。

初期生産型は、まず四発陸上機の機体強度や運動設計の確認などもあるため、輸送機として開発された。これは当初の予想に反して、艤装品などの細目に関してB17爆撃機の完全コピーが難しいためである。

なので、Ｂ17爆撃機の完全コピーは航空機技術というより、日本の工業技術水準の差から無理であり、いろいろな部分で日本式に改修する必要があったのだ。その意味では、国産開発機とも呼べなくはない。

ただ、大枠で四発機をどう製造すればよいかという点に関して、Ｂ17爆撃機は大きく参考になった。機体の主要な構造は、ほぼコピーである。

つまり、二式輸送機はＢ17爆撃機の完全コピーではなかったが、それを模したことで、四発機の経験に乏しい日本の航空業界に短期間で正解を教えた機体といえた。それにより節約できた時間はおそらく年単位になるだろう。

海軍としては、輸送機型と重爆型の両方を生産するという。大型輸送機も陸攻並みに重要だからだ。

輸送機型は金星、重爆型は火星を搭載することになっていた。エンジン生産の都合や運用思想の違いからだ。

これもあって浅沼中佐の輸送航空隊は、積載量三トンの輸送機を駆使して、戦線に物資を送るだけでなく、航空機としての操縦性能などをテストするという重大な任務も期待されていた。

じっさい二式輸送機から派生するはずの二式陸攻の開発は、意外に難航しているとも聞く。防御火器の配置などについて、意見がまとまらないからだ。

主たるものは、電動式の動力銃座をどうするかと、機体下部の球形銃座を採用するかどうかという問題である。

動力銃座に関しては国産電装品の信頼性の問題があり、球形銃座については「本当にこれでいいのか」という用兵上の疑問からだった。

これは単純に防御火器の問題というよりも、B17爆撃機の完全コピーとするか、可能な限り国産開発とするかの方針の違いでもあった。

とはいえ、時間は待ってくれない。輸送機でもなんでも実戦に投入しなければならない。そのための部隊が浅沼中佐の輸送隊なのだ。

六機の輸送機は危なげない姿勢で着陸した。着陸すると、すでに航空隊の人間たちが四発機を見るために集まっていた。

「一機が運べるのは三トンですか」

「そう。荷物なら三トン、完全武装の兵士と機材なら二〇人を運べるそうだ」

「六機なら一二〇名か」

その場の人間たちはそんな会話を交わしていた。そんな人間の中には、ガダルカナル島基地航空隊の溝口（みぞぐち）大佐もいた。浅沼中佐の輸送隊は、とりあえずは溝口大佐の部隊に編組される。

主にガダルカナル島とラバウル間を移動し、運用試験を行うことになっていた。関係者への機体の披露などが行われ、浅沼中佐は翌朝には出発準備に入っていた。これから機体はガダルカナル島に向かう。そして、浅沼機には溝口大佐も同乗する。さらに護衛の戦闘機も六機、伴われる。

これらの戦闘機は、そのままガダルカナル島の戦闘機隊に編入されるはずだった。

「重爆化は順調なのか」

溝口は気さくに浅沼に尋ねる。彼らはかつて同じ部隊の上官と部下であった。

「基本的には順調と聞いています。機体下部は球形銃座ではなく、前後に下向きの機銃をつけるという話です。複雑な機構は省く方針のようです」

「となると戦力化も早いな」

「それでも重爆としては、年内がぎりぎりではないかと。四発だと、双発の倍のエンジンや機材が必要ですから。

あと陸軍も、この重爆には関心を示しています。対ソ戦にはこうした爆撃機が不可欠とかで」

「なるほどな」

溝口大佐は輸送機に乗りながら、これが重爆となった時のことを想像した。それは素晴らしい爆撃機になるだろう。だが、ある事実も忘れない。

「アメリカは、これをすでに実戦に投入しているのだ」

そう、その事実は軽くはない。二式陸攻を戦力化しても、やっとアメリカに並ぶだけだ。

「もっと先を考えねばなるまい」

第1章　反撃偵察

1

「まだ続けるのか……」

バークベースの指揮官であるニコルソン大佐は、輸送機で運ばれてきた車両を前に、正直、そう思った。

バークベースとは、ブナ地区攻略のために連合国軍が内陸に建設した輸送機用の滑走路を持つ拠点のことだ。

ニューギニア内陸のソプタとドボデュラの日本軍基地を、バークベースを拠点に攻撃、占領し、そこに連合国軍を前進させ、ブナ地区の日本軍を一掃する。

この作戦趣旨は、ニコルソン大佐にもわからないではない。しかし、二度の攻勢で二度とも作戦は失敗した。

むしろ中途半端な攻勢に出たばかりに、日本軍に自身の弱点を教える結果となり、攻略はますます難しくなった感がある。

しかし、上層部は攻勢をやめようとはしない。物量をもってすれば、日本軍を一掃できると考えているようだ。

だがそれは、必要条件と十分条件の違いを履き違えているようにニコルソンには思われた。

「日本軍を降すには十分な物量が必要だ」は真である。しかし、「十分な物量があれば日本軍を降せる」は真であるとは言えない。物量だけなら、二回目の攻撃で自分たちは勝っていたはずだ。

ただ、司令部も馬鹿ではない。過去の反省から、より現実的なものを輸送してきた。

輸送機が送ってきたのは分解したダッジ・ウェポンキャリアだった。四輪駆動車だ。これに三七ミリ砲を搭載したものが、総勢で二〇両整備された。火砲搭載車である。

ジャングル内でも移動できるのと、結局、火力よりも機動力であるという反省からだ。機動力とは車両のことばかりでなく、歩兵部隊と行動をともにする場合の機動力だ。

この重量の火砲搭載車を前面に押し立て、機動力で敵の航空基地を占領する。

これは同時に、海軍抜きで作戦を実行するという意味でもある。過去の作戦の失敗は、海軍部隊との連携により作戦全般に指揮権の空白が生まれたことが大きかった。

そのため指揮系統を整理する意味で、陸軍だけの作戦にまとめあげられたのである。

こうした中で戦車をやめたのは、ニコルソン大佐としてもある意味、英断だと思う。前回の戦闘では、戦車は意外に活躍できなかった。むしろ日本軍の自走砲のほうが活躍できた。

接近戦であれば、走破性の高い自動車と火砲の組み合わせのほうが戦車より有効だ。特に歩兵との連携では、両者の違いは大きい。その失敗の経験から、今回は戦車ではなく車両となったのだ。

ただ火力に関しては、三七ミリ砲というのはニコルソン大佐にはいささか疑問ではあった。日本軍の車載火砲は七〇ミリクラスという報告を受けており、三七ミリでは火力に劣る。

しかし、司令部としてはほかに適当な火砲がないことと、日本軍の火砲は初速で劣るとの報告もあり、初速で勝る三七ミリでも勝機はあるとの判断らしい。

さらに、この三七ミリ砲は仰角を大きくして対空戦闘も可能となっていた。簡単な照準器もついている。これは日本軍の航空攻撃を警戒してのものだ。

本格的な対空火器ではないが、過去の例からしてジャングルでは日本軍は低空から攻撃をかけてくる。それなら簡単な照準器でも大丈夫とのことらしい。

本当に、そううまくいくのかはわからない。これればかりは文句を言っても仕方がない。にわかに設えた三七ミリ対空砲でも、火砲ゼロよりはずっとましだ。

「作戦計画は根本から見直される。まず、攻略場所はソプタに絞られる。ソプタを攻略後に航空隊を進出させ、バークベースとソプタの二箇所からドボデュラを攻略する。兵力の分散はしない」

ニコルソン大佐の計画にしたがい、バークベースの滑走路も拡張された。

バークベースを戦闘機や攻撃機も出撃できる航空基地にすべきという意見は以前からあった。しかしそれは、「輸送機が着陸できるだけの滑走路」とは比べものにならないほどの基地機能の整備が必要であり、現実的ではなかった。

そもそも、航空基地を維持するための物資そのものを輸送機の補給に頼らねばならない現実があるのだから、戦闘機などの航空基地化というのは画餅に等しい。それが簡単にできるなら、最初からそうしているのである。

だから今回の作戦は、ポートモレスビーから出撃した部隊がソプタを攻撃後にバークベースに着陸し、銃弾と燃料の補給後に再度出動する。

そうしてソプタを確保した後にバークベースとソプタの両方に補給が行われ、そこからドボデュラを攻略するという手はずになっていた。

前回の作戦では三つの部隊が三方向から日本軍を攻撃するため、バークベースから物資集積所の中継拠点までのルートがあり、それはトラックのすれ違い通行が可能だった。

その中継拠点から三つの部隊に進路が分かれる三叉路に物資集積所があり、ここもトラックが移動できたが一車線である。日本軍基地に近いからだ。

この三叉路からAからCまでの各部隊に通じる輸送路があり、そこから前進拠点まではジープが通行できる程度の道だ。

しかし前回の反省から、補給路はソプタに向かう一本のみとなり、ほかのルートは廃棄された。

そして物資集積所についても、より効率的に整理され、前進拠点までは偽装に注意しながらも、一車線ながらもトラックが通行できる道路がなんとか作られた。作戦準備の中心はこうした兵站(へいたん)輸送路の整備であった。なので、バークベースそのものが行うのは滑走路の拡張までである。

なぜならこの基地は、ソプタとドボデュラを占領したら撤収する予定であるからだ。日本軍基地を攻略するための基地であり、恒久的に維持する基地ではない。

補給にしてもソプタとドボデュラを占領し、ブナ地区を奪還できたら、海上からいくらでも補給は可能だ。あくまでも一時しのぎの基地に過ぎないのである。

ただ、一時しのぎの基地とはいえ、集積された物量は馬鹿にならない。

「もはや負けられんな」

2

日本陸軍は当初、ニューギニア戦線に関して派兵には消極的であったが、海軍の井上成美(しげよし)連合航空艦隊司令長官の働きかけで、第五一師団の歩兵連隊を中核とした南海支隊の派遣を決定した。

この支隊は小型半装軌車と独立懸架四輪駆動トラックで装備し、小型の機械化部隊のひな形として、実験部隊的な運用成果が期待された。

じっさい連合国軍の攻撃を現地軍が機械力で押し返したのは事実であった。だが南海支隊司令部としては、それだけでは満足できなかった。

打撃力としてどうなのか？　それを検証する必要があったためだ。この問題は橘（たちばな）中隊長も考えていたことでもある。

そこで彼は南海支隊司令部に提案をしていた。オートバイを利用した偵察隊の編制である。

過去二回の戦闘を分析する中で、橘中隊長は敵の補給拠点がどこかにあることを確信していた。

山脈を越えての補給は不可能として、海からの補給が可能な地勢ではない。だいたいそれならブナ地区の日本軍に発見されるだろう。

そうなると、ジャングルのただ中に輸送機による補給で物資を備蓄している秘密の拠点がなければならない。

じっさい最初の連合国軍の攻撃の前には、電探で輸送機が発見されることがたまにあった。それまでは、ゲリラ活動をしている敵軍に対する空中補給と考えられていた。

だが橘は、それは陽動であり、本当の目的は拠点の建設にあると考えていた。問題はその場所である。それについても、橘はある程度はあたりをつけていた。航空基地の電探の探知距離ぎりぎりの距離だろう。ジャングルの移動は最短距離が望ましいからだ。そして、ソプタとドボデュラの両方の電探から探知できない場所はかなり絞れる。

さらに航空隊の偵察機は、敵の拠点を発見するには至っていなかったが、いくつかの道路を発見し、攻撃していた。

さすがに連合国側も上空から拠点が発見されないように注意しており、いくつかの道路は破壊され、追跡不能となっていた。ニセの道路なども用意され、その間にも草木の繁茂が進んでしまうからだ。

さらに、偵察機が接近すると戦闘機により迎撃されることも起きていた。

そうしたことを加味しながら、拠点のありかは絞られている。ただ、橘中隊長は楽観していなかった。敵が自分たちの拠点が割り出されると考えるのは時間の問題だろう。敵も馬鹿ではない。

つまり、敵は三度目の攻撃を近いうちに仕掛けてくる可能性がある。だから敵の拠点を叩き潰すとしたら、敵が攻勢に出る前だ。そのための時間的余裕はそれほどない。

だから橘中隊長は、傘下の三個小隊をすべて自動車化した。自動車はすべて独立懸架四輪トラックで統一した。そのかわり小型半装軌車は使わない。

これは車両の性能ではなく、車両の統一のためである。補給を可能な限り簡単にするためだ。ただし、整備したのは四輪トラックだけではない。これとは別にオートバイを整備した。

オートバイはジャングルでも走れるようにタイヤの幅を広げていた。それは不整地走破を考えてのことだ。

オートバイの兵士の装備は、小銃ではなくトンプソン短機関銃だった。これはフィリピンなどで鹵獲したものを試験的にコピーしたものだ。小型自動車の産業基盤により、そうしたことも可能となったのだ。

トンプソンをコピーしたのは、単純にフィリピン戦でジャングルの中でアメリカ軍の短機関銃の威力を日本軍が認めたからだ。撃たれる側の評価は無視できない。

もちろん、銃弾の規格などは日米で違うのだが、そこは日本式に改修された。

オートバイと短機関銃の組み合わせは、ニューギニアの戦場だけのものではない。陸軍が視野に入れているのは対ソ戦である。

陸軍は浸透戦術を練りに練っており、分隊に軽機関銃を導入するなどの点では世界の先頭を走ってもいた。

ただ、浸透戦術にも限界はある。結局のところ、浸透戦術とは戦術に過ぎず、継続性や補給などの面で問題を抱えていた。

この問題を陸軍はオートバイで解決しようとしていた。ある意味、かつての軽装甲車が具現した機能を機動力と火力という点で再構築しようとしたものだった。

装甲こそないが、速度がそれを補う。火力は短機関銃である。そうした部隊を敵陣に浸透させ、補給もまたオートバイや飛行機で行う。そうした戦術を彼らは考えていたのだ。

もちろん、ニューギニアは陸軍が想定している極東ソ連ではないが、基本的な戦術運用経験に違いはないはずだった。ともかく新機材には新しい戦術が必要なのだ。

具体的には各小隊は四個分隊からなり、分隊は独立懸架四輪自動貨車一両にオートバイ四両からなっていた。この自動貨車がオートバイ隊の拠点となる。

オートバイ隊の四両には、一両だけ無線機搭載のものがある。小型なので電波の到達距離はそれほどない。ただ、自動貨車との間の通信はできる。もともとは海軍の陸上部隊用の無線機である。

自動貨車にはさらに中型の無線機があり、これは基地との通信が可能だ。なので、オートバイ隊の報告は自動貨車を介して基地にも伝達できた。

ここまで橘が無線装備にこだわるのは、米兵たちの尋問にもかかわったためだ。橘の見るところ、米軍の敗退には色々な理由があるが、一番の問題は部隊相互の連絡の悪さにあると見ていた。

となりの小隊がどこで何をしているか、それがわからないことが、結果的に各個撃破される原因となったのだ。

だからこそ、橘は分隊レベルに無線機を配した。そこまでする必要があるかどうかは疑問に感じる部分もあるが、斥候（せっこう）任務ということであえて装備したのだ。

結局、自分たちは運動戦を洗練させるべく働いている。機動力を活かして敵に先んじるためには、無線機の存在は欠かせない。さらに、その運用経験も積まねばならぬ。機会を逃すわけにはいかないのだ。

橘中隊は、まずソプタから前進した。そこは連合国軍兵士の侵入場所がはっきり残っているためだ。そこからある程度まで連合国兵士が侵入した通路は明らかになっていた。

途中から通路は連合国軍に破壊されていたが、それも完璧ではなかった。正確には主たる通路は破壊されていたが、臨時に啓開された側道については忘れられていたのである。

そうした通路を広げながら、ソプタからかなり内陸部への通路が明らかになっていた。とりあえず中隊はそこから前進した。

ドボデュラ方面から攻めないのは、兵力の分散を嫌ったためだ。橘中隊は中隊規模であり、ここで分割するのは面白くない。

部隊は日本軍の管理下にある道路の終点まで前進し、中隊本部はそこに設定された。そして、三個分隊がそれぞれの方向に分かれ、敵の攻略路を調査するため前進を開始した。

第一分隊に限らないが、オートバイ部隊は一列で前進した。先頭車の後は後続車が移動しやすいためだ。なので先頭車は交代で決められた。さすがに殿の車両だと、前進も容易だ。

ただ、オートバイの割に速度は出なかった。ジャングルで悪路を進むのだから仕方がない。

バイク自体もそうした運用を前提にタイヤ幅以外にも改良が行われ、トルクも強化されていた。

分隊の前進がそれほど進んでいないのは、運用上の問題もある。基本的に敵地の偵察なので、ある程度前進しては降車して、徒歩で先に進むためだ。

これはバイクの通過に適した地勢を探るためと、エンジン音で敵に気取られないためという意味もある。

第一分隊のオートバイの四人は、そうして前進する。短機関銃だけを構えながら進む。すでにかなり前進しているので、そろそろ敵と遭遇しても不思議はない。

「これは、人が通った跡か」

軍曹がそれを見つけた。

草を押し倒したような跡が続いている。いまさっき押し倒した跡ではないが、一日以上経過しているとも思えない。ジャングルでは植物の育成は急激だ。

「どちらに向かっているでしょう？」

「我々を偵察しようと考えているなら、あちらからこちらに向かっていることになるな。

ただし拠点の偵察というより、我々の出方を見ているようだな。必ずしも基地には向かっていない。向かっていたなら、すでに接触しているはずだ」

それは他の兵士たちにも納得できる話であった。中隊は闇雲に進んでいるのではなく、敵が侵入していない土地と、そうでない土地をはっきりと分けながら、前進していた。

しかも部隊は後方からの支援も行っているので、第一線を抜けたとしても第二線がある。それまですり抜けるのは、まずあり得ない。往路は抜けられたとしても、帰路で発見されるだろう。

軍曹はこの通路を移動することに決めた。ここを前進すれば、敵と遭遇できるとの判断である。この通路の先に敵陣があるはずだ。

とりあえず無線で連絡し、四輪車を前進させ、オートバイ隊と合流した後に歩兵だけで前進する。ただし無線機は持参する。近距離用の無線電話機なので、歩兵でも携帯できる。

オートバイを飛ばしたいところだが、場所も戦力も未知の相手では迂闊には動けない。返り討ちにあうこともあるが、せっかく発見した敵に逃げられても困る。

部隊は軍曹以下、四人で進んだ。オートバイ隊としては、土地の様子は確認しておきたい。川があるかどうかでも状況はずいぶんと違ってくる。

四人は距離をおいて前進する。

終点がどこかわからないので糧食も持参している。軍の携行糧食は定められているが、彼らが持っているのは板チョコだった。

英語の包装紙で包まれており、アメリカかイギリス製らしいが入手経路は不明だ。あえてそんなことを尋ねるのは野暮というものだろう。

「隠れろ！」

先頭を行く軍曹が手で合図する。

四人がジャングルに隠れると、一個分隊ほどの米兵が通過した。この辺は彼らの拠点が近いためか、あまり緊張感は感じられない。

兵士たちは、本来は禁じられているはずなのに雑談に興じている。それは規律の弛緩に思えるが、もっと別のものにも軍曹には思われた。彼らの軽口は、むしろ強いストレスの反動ではないのか。そんな考えだ。

北支で治安戦を戦っていた経験のある軍曹には、戦場の兵士たちの心理として、こんな状況に既視感があるのだ。

ただ、米兵たちの身なりは装備も新しそうで、血色もよい。補給は十分なのだろう。

それでも軍曹は敵兵が戦場慣れしていないのは感じていた。何がということはないが、怖がってはいるが戦場での緊張感が見当違いな方向を向いている。装備が新しいことも含め、彼らは新兵なのだろう。過去二回の失敗で、古参兵士の補充をしなければならないのか。

ただ軍曹は、敵軍に新兵が多いのはともかく、栄養状態がよいことと装備が新しいことの意味は理解していた。それは敵の補給がうまくいっていることを意味している。

それは同時に、敵の補給拠点が近いことも意味しているだろう。軍曹は、ここで状況を無線で報告し、自分たちは敵の斥候が戻ってくるのを待つと伝えた。

軍曹の計画は敵兵の帰還を待ち、その後を追跡するというものだった。単純と言えば単純な作戦だが確実だ。

敵の新兵がジャングルでさほど疲れた様子もないというのは、拠点は近いのだろう。それが彼の結論だ。

ただし、敵兵が戻るのは予想以上に時間がかかった。どこまで偵察に向かったのか、戻ってきたのは三時間後だった。さすがに疲れたのか、兵士たちも無口だった。

軍曹にとってはよい兆候だ。疲れた兵士は注意力が散漫になりやすい。

彼は手で合図しながら、部下たちとともに敵兵を追跡する。しばらくすると敵兵が小休止をとった。

思っていた以上に拠点は遠いのか？

しかし、理由はすぐにわかった。どうやら負傷した兵士がいるらしく、傷の手当のために小休止したらしい。

小休止のあいだ、兵士たちは何か話している。軍曹は横浜に住んでいたことがあり、近所にアメリカ人も住んでいたから、ある程度の会話は聞き取ることができた。

どうやら、川に落ちたか何かしたらしい。そこで枝を踏み抜いて負傷したようだ。

それよりも軍曹は、川という単語で敵兵の移動がわかった気がした。この周辺で川といえば一つしかない。位置関係から推測して、敵はソプタからドボデュラにかけての偵察を行おうとしているらしい。

だが米兵たちの話しぶりでは、その方向は主たる偵察目的地ではなく、念のために調査する程度のものであったようだ。

それは重要な情報だ。過去に連合国軍はドボデュラにも攻撃を仕掛けた。だから連合国軍の前線拠点は、最低二箇所あると判断されていた。

そうであるならば、ドボデュラへの偵察はそっちの前線拠点から行えばいい。それなのにソプタから向かうのは、ドボデュラの前線拠点がすでに機能していないことを意味する。

つまり、連合国軍の攻撃目標はソプタに絞られていると考えていいだろう。彼らは二兎を追わず、一兎に的を絞ったのだ。

負傷者の手当が終わったらしく、敵部隊は前進した。軍曹らも間を置いてその後を追う。

そして、唐突に敵の拠点が見えてきた。その空間だけ明るいことが、そこに拠点があることを示している。ジャングルの木々が伐採されているわけだ。

明るいといっても相対的なものではあるが、ジャングルとの対比では明らかだ。拠点の入口に衛兵の類はいない。このジャングルにそんなものを置く必要はないということだろう。日本軍だってそんなものは置いていない。

ただ、さすがに軍曹らもそれ以上の接近はできなかった。なので敵の拠点周辺を観察する。適当な監視点を設定するためだ。あいにくと高台の類はない。

それでも敵の拠点について見えてきたものはある。一つは偽装が巧みなことで、偽装網だけでなく、小屋の屋根の上にジャングルの下草を植えるようなこともしている。飛行機で偵察しても、なかなかわからないだろう。

とはいえ、彼らが警戒しているのは航空偵察だけで、こうして地面から偵察すれば、拠点だとわかる。

彼らが巧みなのは比較的小さな小屋を分散し、上空からわかりにくくしていることだ。大きな倉庫があれば偽装していても目立たずにはおられないが、小さな小屋なら木陰に置くことで存在を目立たなくもできる。

小屋の数は多い。糧食や弾薬なのだろうが、小屋の物量はすべてを総合すれば、かなりの部隊を支えられるだろう。これらがソプタを狙っているとなれば十分脅威となる。

ソプタは基本的には航空基地であり、陸軍の要塞などではない。力押しで地上戦となれば、苦戦は免れまい。

海軍も陸戦隊を増強しているが、攻撃された時の反撃を前提としており、こちらから打って出る戦力ではない。攻勢をかけるのは陸軍の仕事となる。

軍曹がそうして偵察していると、彼は自動車が入ってくるのを認めた。トラックである。

拠点の道路は曲がりくねっていたが、拠点を縦断する道だけは車両の通行が可能らしい。上空から気取られないためだろう。

車両の物資は、そこから各小屋まで人力で運ばれる。何を運んでいるかは梱包されているのでわからないが、重火器の類はなさそうだ。それは敵の攻勢を考える上で重要なことだ。

しかし、最大の収穫は自動車が通る道があるという事実だ。その道路の先に敵の攻略拠点がある。

もっとも、どう攻めるのかは難しい。

この前線拠点を攻略し、道路をさかのぼることになるのは間違いないが、敵もそれはわかっているから、戦闘はどうしても強襲となる。

とはいえ、それを決めるのは上の連中だ。自分たちは、まず任務を果たすことを考える。

分隊から中隊本部の命令として、引き上げるよう伝令がきた。さすがに、ここでオートバイとはいかないだろう。

「まぁ、十分な報告はしたか」

3

「作戦は中隊と陸軍航空隊で行う」

橘中隊長の判断は明快だった。

敵の前進拠点を強襲するとしても、細い一本道の移動なら、大隊規模の戦力でもその兵力を活かしきれない。

それなら中隊長一人で全部隊を掌握するほうが現実的だろう。同時に彼はそれを可能とするために、アンゴの陸軍航空隊の支援も要請していた。

アンゴには飛燕戦闘機隊が進出している。基地の場所はわかっているから、そこに戦闘機で機銃掃射と爆撃を仕掛ける。

爆撃は小型爆弾しか期待できないが、それでいい。機銃掃射と爆撃で大混乱に陥った敵の前進拠点に中隊が進出するのだ。

まずオートバイ隊が集団で突撃し、拠点を確保。そして、独立懸架四輪トラック隊が戦果を拡大する。

四輪トラックは荷台に防楯を張りめぐらせて、簡易装甲車としても使える。この戦闘では十分な働きをしてくれるだろう。

敵の自動車道路は巧みに隠蔽されているようで、偵察機でもわからないが、それでも上空の戦闘機隊が増援部隊を阻止してくれるだろう。

「いつ戦闘開始でしょうか」

「明朝、夜明けとともに攻撃開始だ！」

4

「よし、時間だ」

アンゴにある陸軍基地には飛燕戦闘機が一五機配備されていた。その指揮官が柳葉大尉だ。

日本の小型車で蓄積した機械加工技術により、液冷エンジン搭載のこの戦闘機は、高い性能の重戦闘機として仕上がった。

柳葉隊の働きもあり、日本でも本格的な量産が始まったという。これは画期的なことだと柳葉は思っていた。

それまで軽戦至上主義だった陸軍航空隊が、重戦主義に舵を切ったことになるからだ。

そして、今度は陸軍の機械化中隊と連携した作戦だ。中隊レベルの部隊でも機械化し、無線通信が密にできればどれだけのことが可能なのか？　この作戦はそうした検証の意味もある。

時間となり、アンゴから陸軍航空隊が出撃する。海軍航空隊からも協力の打診がじつはあったのだが、それは柳葉が断った。気持ちは嬉しいが、これは機械化部隊の実験ということで理解してもらえた。

目的地は明らかだった。

橘中隊長の部隊は陸上座標を正確に割り出していた。

方位も距離もわかっている。一五機の飛燕はいずれも爆装していた。小型爆弾だが、今回はそれでいい。

「攻撃開始！」

敵の拠点は沈黙している。自分たちの所在がバレているとは思ってもいない。だから息を潜めている。

次々と爆弾が投下されて爆発すると、投下した爆弾以外の爆発が起こる。それは時に小屋を吹き飛ばすほどの大爆発となった。

敵の拠点は相変わらずわからないが、攻撃のある段階から偽装が吹き飛ばされ、基地の一部が見え始める。

戦闘機隊は爆撃を終えると、そこに機銃掃射を仕掛ける。何が下で起きているかわからないが、やはり散発的な爆発が起きた。

柳葉大尉は戦闘機の一部を敵の本拠に通じるらしい道路に配していた。

「自動車がやってきます！」

敵襲を受けたとの報で友軍が増援を送ってきたのだろう。自動車の姿ははっきりしないが、戦闘機は機銃掃射を執拗に繰り返す。するとついに爆発が起こり、自動車が破壊された。

それだけではなかった。一車線の道路で自動車が破壊されたことで、後続車も動けなくなったのだ。飛燕戦闘機隊がそれを見逃すはずもない。敵自動車隊に戦闘機隊が最後の銃弾を叩き込む。

こうして五両の自動車が撃破され、道路の偽装が燃え始める。増援の自動車隊が撃破されたことは、前進拠点の退路を断ったことになる。一両程度ならまだしも、五両も破壊されては迂回もできない。

敵の拠点は拠点で、炎上している。

「よし。あとは地上部隊の仕事だ」

けてのことだ。

5

橘中隊は、まずオートバイ隊を前面に立てて敵陣に突入した。航空隊の連絡を受けてのことだ。

航空隊は一度、アンゴに戻る。二機ほど交代で上空に待機しているのは、なんらかの地上支援が必要な場合と、ポートモレスビーからの戦闘機を警戒してだ。

航空隊主力が去ったのは、ほぼ所期の目的を達したことと、下手な機銃掃射は友軍を巻き込みかねないためだ。

さらに、攻撃を知ってポートモレスビーから戦闘機隊が来るまでの時間差を考えるなら、アンゴで燃料や弾薬の補給をすべきである。そもそもソプタには海軍の航空基地があるのだから、戦闘機隊は彼らが始末してくれるだろう。

敵軍は爆撃と機銃掃射で大混乱だった。そこにオートバイ隊がなだれ込み、短機関銃を乱射しながらのオートバイ機動で敵の混乱を倍加させる。

狭い基地であり、小さな道でつながっている構造なので、この状況では横の連絡が難しく、全般状況が把握できない。

その中でオートバイに乗った日本兵が短機関銃を乱射していれば、日本軍の戦略は過大に見積もられた。少なくとも中隊規模とは誰も思わない。

悪いことに前進拠点の指揮官のもとには、増援部隊が全滅し、道を塞いでいるという報告が届いたばかりだった。つまり、退路を絶たれた。

それでも指揮官は伝令を走らせ、部隊の集結を急がせた。ともかく現状では各個撃破されてしまうとの判断だ。

それは原則では正しいが、この局面では間違っていた。分散した部隊が集結するとしても、移動する道路はオートバイ隊が走っている。結果的に部隊は集結できないまま、個別に日本軍に対して反撃するしかない。

橘中隊長は負傷者も出た時点で、オートバイ隊に集結を命じた。敵が混乱しているからオートバイ隊は活躍できるが、敵が混乱を収束して組織的な反撃に出た場合、装甲もないオートバイ隊は脆い。

だが、その頃には装甲した独立懸架四輪駆動トラックが敵に対して組織的な攻撃を仕掛けていた。

小屋を一つひとつ潰すような方法で、部隊は前進して行く。連合国軍も火砲は用意していたが、いまこの状況では使えない。野砲があったところで、それは一〇メートル先の相手を攻撃する武器ではないのだ。

装甲四輪トラックからは擲弾筒（てきだんとう）が放たれ、拠点の小屋が一つひとつ潰されていく。前進拠点の敵の資材を奪うという意識は、橘中隊長にはない。それより脅威の排除が優先される。

連合国軍側は明らかに劣勢だったが、抵抗をやめなかった。理由はすぐにわかった。拠点上空で空中戦が始まったためだ。

それがポートモレスビーからなのか、別のどこかからなのかわからないが、連合国軍の戦闘機隊が現れた。戦闘機は一〇機ほどで、Ｐ40戦闘機と思われた。

だが、まず二機の飛燕戦闘機から奇襲を受け、Ｐ40戦闘機が一機撃墜される。じつはソプタの海軍基地の電波探信儀は破壊されたが、新型に更新されていた。それが敵戦闘機隊の接近を察知すると同時に、飛燕戦闘機にも敵の状況を告げたのだ。

これは異例のことではあるが、陸海軍の現地軍司令部の取り決めで可能となっていた。井上司令長官のオートバイ人脈の賜（たまもの）である。

なので、敵が接近することを知った飛燕戦闘機二機は、アンゴに戻る前に罠を仕掛け、敵のＰ40戦闘機の側面直上から銃撃を仕掛けたのである。

Ｐ40戦闘機が劈頭で撃墜されたことは、それが一機でも連合国軍戦闘機隊の士気を低下させる。まさか二機だけで仕掛けてきたとも思わないため、戦闘機隊は疑心暗鬼に陥る。

それに対して二機の飛燕は一撃離脱を繰り出して、さらに一機のＰ40を撃墜した。編隊を離れ、孤立したＰ40戦闘機を撃墜したのだが、撃墜される側にはその辺の弱点は見えない。

彼らは二機の飛燕を、四機の飛燕が一機ずつ襲撃してきたと考えた。そのほうが納得しやすいからである。

それでも戦闘機隊の指揮官は、部隊を掌握することに務めた。だがそこに時間をかけたため、海軍戦闘機隊の到着を許すことになる。

海軍戦闘機隊はこの時点で倍以上の戦力を有していた。火力と運動性能でもＰ40戦闘機に勝るため、それらは退避するか撃墜されるかしかなかった。

ソプタ周辺の空中戦は比較的短時間で決着した。日本軍戦闘機隊が連合国軍戦闘機隊を一掃して戦闘は終わった。

これは日米両軍の兵士が目にすることができたが、空戦のあと、戦況はすぐに定まった。

連合国軍兵士は日本軍に対して降伏した。退路は断たれているし、航空隊が全滅したとなれば、降伏以外の選択肢はない。

橘隊はその日のうちに連合国軍の前進拠点を占領した。ただ道路が塞がれているため、それ以上の進軍は見送られた。さすがに中隊のみの前進は危険すぎるのである。

6

捕虜の尋問は陸海軍の双方から人が出て行われた。英語に堪能な人間は海軍に多いためと、状況は陸軍と海軍の縄張り争いでは解決しないことは両軍ともわかっていたためだ。

「捕虜尋問の結果がこれか……」

高須（たかす）司令長官は、第四艦隊から出した尋問担当将校からの報告書に正直、落胆していた。

「敵兵が拠点の場所を知らないというのか？　口が堅いということか」

高須司令長官にはほかに考えようがない。

「口が堅いというよりも、捕虜になったら何ができて何ができないかの教育がなされていることが大きいようです。彼らは基本的に話しても実害がないことしか話しません。これは将校で、より顕著です」

「士官たるもの、兵卒の模範にならねばならぬということか」

「あと、彼らはどうも本当にわかっていないようです」

「わかっていない？　拠点からソプタに攻めてきたのではないのか」

「そうなのですが、彼らはジャングルの中を移動したことはわかっていても、どれだけの距離で、どこに向かっているのかさえわからない。彼らは迷路を通って我が軍の基地を攻撃した。少なくとも彼らの主観ではそうです」

「そして、正確な位置を知っている人間は口を割らんわけか」

考えてみれば、そういうものだろう。敵軍の失策の多くが、友軍と連絡がつかないことから生じている。拠点の正確な位置がわかるなら、そんな事態は生じまい。

「そうなると、敵の拠点の位置は相変わらず曖昧なままか」

「でもないようです。ソプタの電探が敵の戦闘機隊を捕捉しています。時間から考えてポートモレスビーからではない。となれば、敵の拠点からでしょう。

輸送機を運用できるのですから、戦闘機くらい飛ばせるのでしょう。そこから考えて、領域はかなり絞り込めます」

とはいえ、敵が戦闘機隊を持っているなら偵察機も迂闊には接近できまい。空襲で破壊するにも、敵の基地の規模は知らねばならぬ。

「やはり今後も陸軍との共闘か」

第2章　拠点攻撃

1

あろうことか、前進拠点が日本軍に占領されてしまったという報告は、バークベースのニコルソン大佐を驚愕させた。

こちらから攻勢をかけることは考えていても、日本軍からの攻勢など、予想していなかった。

こちらも撤退を余儀なくされたとはいえ、日本軍も大きな損害を被ったはずであり、反撃の余力などないはずだったからだ。

だが日本軍は反撃し、基地を守りきり、自分たちは大敗してしまった。それどころか、前進拠点は日本軍により占領されてしまった。

飛行機や装甲車などを投入し、敵は前進拠点を襲撃し、占領した。それを見れば、いままでの攻撃などまるで無意味だったかのようだ。

むしろ過去の戦闘が日本軍の警戒感を高めたと考えられる。なんのことはない、自分たちで攻略のハードルを上げているようなものだ。

ニコルソン大佐は、まずバークベースの防衛を最優先した。攻略のために用意していた火砲搭載車を呼び戻す。対空火器の密度を上げることが重要だからだ。

対空火器といっても三七ミリ砲の簡便なものだが、車両は二〇両あるから、バークベースの防衛には十分だろう。三七ミリの機関砲ではないのが残念だが、逆にそれなら弾の補給が続くまい。

もっとも、ニコルソン大佐が実際にバークベースの防衛に向けたのは二〇両のうちの一八両で、残りの二両は前進させ、日本軍の侵攻に備えた。

日本軍が侵攻してくるとして、そのルートは自分たちが啓開した道路のはずだ。あの狭い道を守るのなら、火砲搭載車両は二両あればいい。

ニコルソン大佐は防衛線を二つに絞った。基地そのものと、かつての中継拠点を拡充した防衛線だ。

同時に過去の三叉路の陣地は物資を移動し、施設は破壊した。三叉路陣地は三方から攻められる危険があり、維持が難しい。重厚な防衛線を構築しても、それらが撤退するとなると狭い一本道では難しい。

撤退しないとしても、細い道路一本では陣地の維持が難しい。ならば維持しやすい中継拠点が望ましい。そこなら備蓄物資も使える。

ニコルソン自身、自分の采配が敗北主義的という印象を持っていた。防衛線を下げて基地を維持するというのは、日本軍の侵攻を前提としている。つまり、自分たちが攻勢に出ないという話だ。

むろん、最終的には日本軍を追い落とすという目的に疑いはない。しかし、当面は守勢に徹するしかない。

ともかくバークベースさえ維持できるなら、再び攻勢に出ることも夢ではない。ただそこまでの道のりは、思っていたより厳しいだろう。

「しかし、いまはこうするよりないのだ」

それがニコルソン大佐の結論だった。

2

「完全に破壊されてますな」

オートバイ隊の軍曹は、無線で分隊長に報告する。彼らは占領した前進拠点から、さらに奥地に通じる道を進んでいた。

道路には破壊した跡も残っていたが、それは完全ではなかった。そんな余裕はなかったし、ジャングルなら人の手が触れなければ、すぐにそこは自然に戻る。

ニコルソン大佐たちはそれを期待し、それはある程度までは当たっていた。草木はすぐに道路を埋め尽くそうとしていた。

だが、その程度のものはオートバイなら容易に走破できた。そうして彼らはその拠点跡に到達した。

どうやら、そこは三叉路の起点となるような場所で、物資集積所が設けられていたようだった。ただし、いまは物資が持ち去られ、施設はトラクターか何かで潰されたようである。

どうして爆破したり火を放ったりしなかったのかはわからないが、おそらく爆発音や火災の煙で位置を知られたくなかったのだろう。

「この三叉路がどこに通じているのか、それを確認すべきです。おそらくこの道路は一つを除いてすでに使われていないはずですが、確認しないのは危険です」

軍曹はそのことを報告する。少なくとも使われていない道の一つは、ドボデュラへと通じているはずだからだ。

オートバイ隊は四輪トラックが前進して来るまで、その現場を保持した。さすがにオートバイのみでここから先に進むのは危険だ。それに破壊されたとはいえ、この拠点はまだ使える。

施設は完全に破壊されたとはいえ、土地は啓開されており、新たな拠点を再設定するのはさほど難しくない。

例のかまぼこ兵舎なら短時間で構築できるだろう。そして、ここは敵の本拠地を奪取するための重要な拠点となるはずだ。

三叉路の調査はオートバイ隊が発見したその日のうちに行われた。第五電撃設営隊の守口（もりぐち）技術中佐らの部隊が休むまもなく、アンゴからソプタを経てやってきたのだ。

彼らは小型半装軌車に乗って、三叉路のそれぞれの道を進んだ。とはいえ、三叉路のソプタルートはすでに開かれており、じっさいに調査するのは残る二つだ。

調査は設営隊員だけだが、彼らは全員武装している。使われていないとは思われても、もともと米軍部隊が作り上げた道路であり、何が起こるかわからない。敵が潜んでいないとも限らない。

　電撃設営隊の調査班は二隊が臨時に編成され、それぞれの道を進む。いささか強行軍で臨んだのは、昼間のうちに調査を進めたいからだ。

「やはり、こちらはドボデュラに向かっているようです」

　守口とは別の隊の技術士官が無線機で報告してきた。

「ドボデュラを攻撃してきたのは、そのルートか」

「おそらく間違いありません。ただ、このルートはあれから使用した様子がありません」

「つまり、敵は戦線を整理したということか」

　守口は、すぐにそのことを基地の司令部に報告する。海軍から陸軍側にもすぐに情報は流れるだろう。

　守口らの移動しているルートは、ソプタとドボデュラの中間を移動している。どうやら先で分岐し、ソプタとドボデュラを二方面から挟撃するのが敵の作戦であったようだ。

　基地から五〇〇メートル付近まで続いていたが、そこから先は道路がなかった。おそらく基地直前まで道を作ることは気取られると考えたのだろう。

よく探せば米軍部隊が通過した跡も見つかるのかもしれないが、草木が生い茂り、いまさらそれを探すのは至難の業だろう。

最終的に守口らは、米兵などが潜んでいないことは確認できた。一方で、米軍が啓開した道路を復旧することを守口は決めて、それを部下に命じた。

二つの基地に通じる道路が複数あるのはジャングルという環境を考えるなら、あるに越したことはない。ゼロから作るとすれば作業も馬鹿にならないが、すでに基礎工事がすんでいるなら作業は楽だ。

攻撃を受けた二つの基地では、敵軍の進入路は特定されていたので、そこから繋げば基地と基地を有機的に連携することも可能となるだろう。

むろん敵の侵入路を増やす可能性はある。しかし、敵の本拠地を叩いてしまうなら、侵入してくる敵はいなくなり、新たに侵入してくる敵に対しては、この道路がものを言うだろう。

「よし、戻って図面を引くか。これはどうやら、ブナ地区の基地全体を再整備することになるやもしれん」

3

敵の本拠地への侵攻に先立ち、再びオートバイ分隊が前進した。それは三叉路を発見した翌日のことであったが、今回は陸軍航空隊が敵の拠点周辺を先行して飛行した。

敵の拠点を発見することと、発見できないとしても敵の輸送機を沈黙させることで、兵站(へいたん)へ負担をかけることも期待された。

「前方に敵戦闘機！」

一五機の飛燕の前に一〇機ほどのP40戦闘機が現れた。タイミングから考えて、敵の拠点から迎撃に出たものなのは明らかだ。さらに、電探があるのも間違いないだろう。

どう考えてもP40に勝機はない。それでも出撃しなければならなかったのは、拠点を守るためだ。敵も必死なのだ。

しかし、それにより飛燕戦闘機隊の指揮官は、敵の拠点がすぐ近くにあることを確信した。

「一四号機と一五号機は前進し、敵の拠点を発見せよ。ほかのものは、彼らのために道を開けてやれ！」

一四号機と一五号機は前者が若年兵、後者が熟練者だった。ここで敵の本拠地に若年兵を飛ばして、無駄死にさせるわけにはいかない。そこは熟練者が面倒を見てやらねばならない。

戦闘機一〇機というのは敵の拠点の全戦闘機で、それを前進させてきたのは、兵力の逐次投入を避けたのはもちろんだが、拠点そのものにも防御火器があるためではないか？　指揮官はそう判断した。

これは彼のアンゴ基地での経験からのものだ。ニューギニアでの航空隊運用は決して楽ではない。海岸から自動車輸送で物資が運べるアンゴではあるが、航空機は消耗品も多ければ、燃料消費も少なくない。

機械化が進んだ基地であればあるほど、兵站の負担は大きい。戦力の増強どころか維持するのも容易ではないのだ。それと比較すれば、飛行機よりも対空火器のほうが兵站の負担は小さい。

つまり基地の指揮官としては、対空火器に傾注するのが合理的となるわけだ。

それでも指揮官としては、目の前のＰ40がまず片づけるべき敵だ。

Ｐ40の指揮官は、二機一組で飛燕にあたろうとした。各個撃破を避けるためには、それがセオリーだろう。あるいは、連合軍の航空隊とはそういうものなのかもしれない。

しかし、この二機一組は若年兵と熟練者の組み合わせだった。それは日本軍でも同様（海軍は三機一組が多かったが）であり、不思議ではない。敵味方ともに経験者は不足するのだ。

ただ、全般的に飛燕戦闘機隊のほうが熟練者は多い。だから二機一組のＰ40戦闘機隊でも、誰が若兵かはすぐにわかった。動きに無駄があるのは、飛んでいるのを見ればわかる。

だから飛燕戦闘機隊は、その若年兵の戦闘機をまず優先的に攻撃した。

攻撃は二機で行われた。一機が意外な方角から攻撃を仕掛け、とっさに対応できないところを、もう一機が襲撃する。残り一機は若年兵を守ろうとするが遅かった。二対二は、すでに二対一になっている。

虚をつかれた戦闘機は、後ろを取られて撃墜された。戦闘はすぐに終わった。

数の劣勢は急激に広がり、それはすぐに質の変化となる。一機、二機の戦力差ではなく、二割、三割の戦力差になるのだ。

なによりも戦闘機隊には戻る場所がなかった。拠点を守る戦闘で、敵に拠点を教えるわけにはいかない。そして、空戦の後ではポートモレスビーまで燃料がもつかもわからない。

彼らは日本軍に勝つつもりで出撃した。しかし、客観的状況は違う。彼らの置かれている状況では、空戦で勝たねば拠点の位置を秘匿できないのだ。

本隊がP40戦闘機隊を圧倒しているなかで、一四号機と一五号機は、着実に拠点に近づいていた。

じつはニコルソン大佐のバークベースはかなり巧みな偽装をしており、位置がわかっていなければ、容易には見つからないほどの出来ばえだった。それは、いまだに日本軍から発見されていないという事実が証明していた。

しかし、バークベースの将兵は、そこまでの確信を持っていなかった。彼らは接近する戦闘機に、このままでは発見されると考えて発砲した。

発砲したのは三七ミリ砲搭載のダッジ・ウェポンキャリアだった。だから、必ずしも航空基地というものを理解しているわけではない。もともとは車両部隊だ。

ともかく彼らは三七ミリ砲の照準器で、飛燕戦闘機に次々と砲弾を叩き込む。確かに矢継ぎ早の砲撃ではあった。それは地上の砲戦なら「休みない攻撃」と言われただろう。

だが、航空戦となると一発一発を装塡し、照準し、発砲する戦闘は有効な弾幕形成とはいかなかった。人は機関砲にはなれないのだ。

そして悪いことに、その砲撃は飛燕戦闘機隊に対空火器の位置を教え、バークベースの所在を教えることとなった。

巧みな偽装でも、そこに基地があるとわかればその輪郭も見えてくる。

空戦になった時点で飛燕戦闘機隊は爆装していた爆弾を捨てたが、この二機は拠点探索のために爆装したままだった。だから、まず適切な場所への爆弾投下を目指す。

滑走路がまっ先に見えてきた。緑色のペンキを一面に塗っているのか、上空からだと迷彩された滑走路はわからないが、あるとわかれば低空からなら見えてくる。

施設関係も偽装網で覆（おお）われていた。だから、その偽装網に向けて爆弾を投下する。

三〇キロ程度の小型爆弾が二機合計四個投下され、周辺を破壊する。対空火器も低空すぎると照準が定まらない。そのまま爆弾は施設を破壊し、一つから火柱が昇る。

燃料倉庫か弾薬庫にでも命中したのだろう。どちらにしても敵の基地にとっては大打撃だ。

そして爆撃の後、二機の飛燕はあるだけの銃弾をバークベースに叩き込んだ。あちこちで火災が起こり、黒煙があがる。

襲撃は成功だ。飛燕戦闘機二機は、すぐにそれを報告した。

4

「やってるな」

オートバイ隊の軍曹は戦闘機隊の報告を待つまでもなく、空戦を知った。

難しい話ではない。空を見ればわかる。飛行機が舞い、銃火がかわされ、時に黒煙が空を横切る。

どちらが優勢なのか、軍曹にはわかっていた。それほど深く考える必要はない。

敵が勝っているなら、自分たちを攻撃するはずだからだ。

なぜなら、敵は自分たちの拠点に通じる道路網を知っている。日本軍が進軍していることを知ったなら、道路網に沿って索敵を行うはずだ。

だが、敵機はまったく現れない。ならば味方が勝っている。

やがて木々の間に黒煙が見える。敵の拠点がある方角だ。

「前進！」

オートバイ隊は四輪トラックとともに前進する。敵は混乱しているのか、反撃らしい反撃はない。敵兵の姿さえない。

分隊はそのまま前進を続ける。すでに上空には戦闘機の姿もない。ただ、見えないだけで上空にはいるらしい。

「止まれ！」

先頭車が無線で叫び、後続車に停車を指示する。

「どうした？」

軍曹が先頭車の兵に尋ねる。

「あそこです！」

兵士が身振りで示す。それは偽装されているが明らかに人為的に構築されたものだ。しかも規模はかなり大きい。なによりもそのあたりから道路の質が違う。

「物資集積所か」

「最初はそうだったのでしょう」

兵士の言う通りだと軍曹は思った。三叉路の拠点が発見され、日本軍が本拠地に迫るのは敵でもわかる。ならば強力な防衛線を展開するのはセオリーだろう。

いまここで突入すれば、敵の十字砲火を浴びるのは明らかだ。敵の防御陣地は道路を挟んで両側にある。つまり、自動車も通過できるこの道路を進めば左右から挟撃されることになる。

さりとて、敵陣を迂回するのも容易ではない。航空隊に爆撃を依頼するのも一つの手段ではある。

ただ正確に破壊しなければ、機銃座の一つも生き残られると厄介だ。それに敵も馬鹿ではないから、空襲への備えもしているはずだ。

軍曹は、敵がまだ自分たちに気がついていないとわかると、ゆっくりとジャングルの中を移動し、敵陣の状況を探った。

予想通り、敵の防衛拠点だけでなく、その周辺のジャングルにも敵は防衛線を構築していた。ただ、そこを誰かが歩いたような跡がかすかに残っていることが、オートバイ隊には幸いした。奇襲を受けることは避けられたからだ。

軍曹は、その辺に何か仕掛けられているという予測は立ったが、何が仕掛けられているかまではわからない。常識的には地雷だろう。

軍曹は、自分ならどうするかを考える。

ジャングルを一人で進む馬鹿はいない。最低でも分隊規模で前進するだろう。だとすれば、地雷は効果的な兵器ではない。

地雷を踏めば踏んだ兵士は即死するとしても、それで終わる。地雷を仕掛けた側に自分たちの存在を教えるだけだ。

だが、まさにそれが地雷敷設の目的ならどうか？　つまり地雷が起爆したら、地雷原の位置はわかっているから、そこに猛攻を加える。機関銃や迫撃砲を撃ちまくるのだ。位置はわかっているから、照準を外すはずもない。

だとすると、敵の地雷には細心の注意が必要だ。軍曹は部下たちにそのことを伝える。

しかし、ここで部下たちが発見したのは、予想外のものだった。何かを発見したらしい先頭を行く兵士が、軍曹に向かって空中を指さす。

最初それは、軍曹には空中を指さしているように見えた。そして同時に、口を閉じるように身振りで示す。軍曹は訝しげに近づいた。

まず空中を指さしているように見えたのは、実は針金のようなものをさしていた。

軍曹が最初に考えたのは、ブービートラップであった。日本軍にそんな言葉はなかったが、何がなされているかの想像はつく。手榴弾のピンを針金と結びつけ、引っかかれば爆発する。

爆発地点に砲弾や銃弾を撃ち込むなら、ジャングルに地雷を仕掛けるより、ずっと効果的だろう。

だが針金をよく見れば、それは被覆を施された電線であった。そして兵士は指さす。そこにあったのは手榴弾ではなくマイクであった。

軍曹は思わず声をあげそうになったのをかろうじてこらえた。マイクを仕掛けているとは、まったくの想定外だったからだ。

むろん実際にマイクを目にしたならば、その効用は十分理解できる。敵の動きをマイクで察知する。どのマイクからの音かわかれば、敵の位置もわかる。ならば、そこを攻撃すればいい。

ただ目の前のマイクは軍用だからか、かなり高性能な装置と思われた。おそらくあの拠点の周辺に、こうしたマイクがいくつも設置されているのだろう。

軍曹が驚き呆(あき)れたのは、その物量の豊富さであった。確かに合理的な防衛線である。しかし、これほどの物量を投入しなくてもなんとかなるような気がするのである。

とはいえ、このマイク群は現実なのだから、これに対処しないわけにはいかない。

ともかく、軍曹は冷静になることを考える。

彼はマイクを布で巻いて音が聞こえないようにすると、その電線をたどっていく。おそらくそれは敵の拠点の内部まで通じている。マイクの数だけ電線が基地に通じているなら、あるいはそこが敵の弱点になるかもしれない。

彼はそう考えたのだが、予想はやや違っていた。マイクの電線は一つの金属製の箱に通じており、そこから太い電線が拠点に向かっている。そして、マイクに通じていると思われる二〇本以上の電線がその箱につながっていた。

どうやら、この金属の箱が二〇ほどのマイクの電線を集約しているらしい。修理や補修のことを考えるなら、こうした中継点を設けるのが合理的なのかもしれない。

おそらくこの箱を破壊すれば、広範囲にマイクが使用できなくなるだろう。それはわかったが、軍曹は箱には手を触れない。

いまここで箱を壊してしまえば、自分たちがマイクに気がついたことを敵に教える結果となる。それで敵がマイクを引っ込めるということは、まずない。

敵が行うとすれば、より巧みな隠蔽なり偽装だろう。ここは気がついたことこそ隠さねばならない。

さらに考えるべきは、このマイクの群れをうまく活用すれば、敵を撃破する道具になるという直感だった。何をどうすべきかまでは思いつかないが、中隊長なら何か考えるだろう。

「よし、一度引き上げる！」

5

拠点の襲撃は、その夜に行われた。

橘中隊は兵員の増員も得て、動き出す。それには海軍ながら、守口技術中佐の部下も参加していた。電気工事に精通している技術者だからである。

すでにニューギニアの戦場では、陸軍とか海軍の縄張り意識はゼロとは言わないが、本州よりはかなり低い。

陸海軍が協力していかねば、ニューギニアのジャングルは容易に人命を飲み込むからだ。米軍やオーストラリア軍と戦うより前に、ここでは安全な飲料水確保という生存の次元で戦っていかねばならないのだ。

「標準的なケーブルですね」

海軍電撃設営隊の技術者は、アメリカでの生活経験もあるという話で、マイクロホンの電線を集約する金属製の箱を見ると、すぐにそれが中継増幅器だと分析した。彼の指示によりマイクが発見され、綿の入った袋をかぶされる。そうして音を遮断された状態で、マイクは狭い範囲に集められる。あまり密集させすぎて工作がバレてもまずいからだ。

中継増幅器は三つ発見され、そこから電線をたどって、総計六〇個のマイクが移動されていた。六〇のマイクは一〇メートルほどの範囲に集められていた。

そして深夜、作戦時間になる。

「やれ！」

軍曹が命じると、オートバイ兵がマイクの前でエンジンを吹かす。たった一台のバイクの音を六〇個のマイクが拾う。しかし、音を拾っている側は、六〇個のマイクが設置されたエリア全体でエンジン音を察知したと解釈する。

マイクのオペレーターはパネルにコネクターを差し替えてマイクの音を聞いていたが、どのコネクターでもエンジン音が聞こえ、しかもマイクごとに聞こえ方が違う。

袋は相変わらずかぶせられていたが、さすがに至近距離のエンジン音はわかるが、それは曇った音だったので、かえってジャングル内を移動するエンジン音としてはリアリティがある。

ともかく米軍拠点は大騒ぎとなり、該当するエリアに砲撃が加えられた。マイクが設置されていた場所には、おびただしい砲弾や機銃弾が撃ち込まれる。

迫撃砲が多かったが、野砲もいくつか混じっていた。あらかじめ照準がつけられているためか、砲撃は正確だ。

設営隊の技術者は、そのなかで順番にマイクの電線を切っていく。米軍拠点からは砲撃でマイクが吹き飛ばされたように思えるだろう。

砲撃は激しく、周囲は轟音（ごうおん）に包まれた。

これは予想していたことである。だから米軍側も、飛行機が接近していることには気がつかなかった。

バークベースのレーダーはそれを捉えはしたが、発見し、警報を出すより先に航空隊が到達していた。

地上を歩くからこそ無限の距離に感じるジャングルだが、じつは直線で計測すれば敵も味方もそれほど離れた場所にいるわけではない。

そして夜間の砲撃や銃撃だけに、どこからの攻撃なのか飛行機からは一望できた。

飛燕戦闘機は爆装していたが、その砲座や銃座に対して機銃掃射と爆撃を行った。

どこまで正確な照準ができるかは疑問の面もあったが、爆弾は多少外れても火砲を沈黙させるのには十分だった。それに仮に外れたとしても、上空に戦闘機がいる限り、迂闊な砲撃はできなかった。

それでも二門ほどの火砲が対空戦闘を始めていた。三七ミリクラスと思われたが、夜間で航空機が目視できないため、いたずらに砲弾を撃ちあげるだけに終わっていた。

そもそも三七ミリ砲は機関砲ではないらしく、射撃速度が遅かった。そのため低空で接近してきた飛燕戦闘機の銃撃を、その対空火器はしこたま受けてしまった。

対空火器陣地は二箇所あり、二機の飛燕によりそれらは撃破されたが、驚いたことに爆発炎上で自動車の姿が浮かび上がる。どうやらこの対空火器は小型トラックに搭載されていたようだ。

その自動車が炎上することで、米軍拠点の姿は飛燕戦闘機からかなりはっきりと見ることができた。

一五機の飛燕は、それぞれ陣地らしき場所に機銃掃射をしかける。いくつかの陣地からは爆発が起こる。拠点は大混乱だった。

地上部隊の橘中隊長は、敵陣が予想外の大混乱に陥っている場面を見逃さなかった。

「前進！」

彼は四輪自動貨車の装甲車を前面に立てて、敵の拠点に突入する。オートバイ隊はオートバイを後方に残置していた。この局面ではオートバイに出番はないからだ。だから、隊員たちは短機関銃を抱えて歩兵として参戦していた。

本来なら一本道の両側から装甲車が銃撃される局面だが、すでにその余裕がない。そして、装甲車もすぐ脇にある道路に入っていった。

三叉路の防衛線は前面の防衛線は強固だったが、火砲と機銃座を潰されると内部の防備は弱かった。

橘中隊長は、まず道路の右側の陣地に車両を突入させた。そちらのほうが損害は大きいという戦闘機隊の報告を信じてだ。

米兵たちは、日本軍の装甲車と短機関銃で武装した日本兵に攻撃され、次々と後退を余儀なくされた。

簡易装甲車の火力は軽機関銃と小銃でしかないのだが、それさえも混乱する米兵たちには強力な火力であった。

橘中隊長が右翼側の敵陣を先に攻撃したのは、拠点の中心を貫通する道路を前進する時に、左右両翼から攻撃されることを避けるためだった。

退路を残していたため、米兵たちは左側の陣地に後退して行った。

そこで橘は部隊の一部を残敵掃討にまわすと、主力で左側の敵陣を包囲する姿勢を示した。ただし、敵の本拠地に通じるルートは残してある。

米軍は最初のマイクが拾ったエンジン音のために、機械化部隊が前進しているとの先入観を抱いてしまった。そして、敵戦力を過剰に見積もるという誤りを犯した。

現実に飛行機と装甲車が現れ、自分たちが頼みとする自走火砲が早々に撃破されるに及び、彼らの士気は急激に下がっていたのだ。

そもそも、日本軍の装甲車に対する対抗手段が三七ミリ自走火砲だったのだから、それが空からの攻撃で破壊されたら、もはや日本軍の前進は阻めない。

なにより米軍部隊には航空支援がなく、日本軍にはある。この一点だけでも、どちらに主導権があるかは明らかだった。

こうして夜が明ける前に米軍陣地は陥落した。捕虜は意外に少なく、大半が拠点に向かって脱出した。

これは仕方がない。機械化されているとはいえ、中隊規模の部隊で拠点一つを占領したのだ。

敵軍が組織だって投降したならばともかく、分隊あるいはそれ以下の集団が脱出を試みた場合、包囲網を完全にするのはほぼ不可能だ。

正直、中隊としては負担を考えるなら捕虜はほしくないのである。それよりも、いまは拠点を占領するほうが重要なのだ。

結果的に、中隊規模の橘部隊は残敵掃討はできたが、それで手一杯であり、追撃戦はできなかった。ここは部隊再編が求められた。

6

バークベースのニコルソン大佐は、中継点の拠点が夜襲を受けた状況でも戦闘機は出さなかった。

すでに基地には、先の戦闘で失ったものに対し、増援を受けて八機のＰ40戦闘機があった。しかし、夜間飛行に慣れたパイロットもいなければ、そもそもバークベースは夜間での運用を想定していない。

さらに仮に夜間出撃できたとしても、敵味方が狭い陣地で入り乱れている中での攻撃は、同士討ちになりかねない。

そこは先制攻撃を空からかけられた日本軍との違いだ。彼らは攻撃できた。しかし、自分たちはそのチャンスを失った。

ならば、日本軍戦闘機を撃墜することに専念するという選択肢もある。しかし、夜間戦闘の経験もなく、数で劣る状況では戦闘機を出すべきではない。

いま考えるべきはバークベースの死守であり、そのためには攻撃を控えることも必要だ。それがニコルソン大佐の方針である。

じつは気になる話をニコルソン大佐は受けていた。バークベースを侵攻拠点とするのではなく、防御拠点とするという案である。

それは、ポートモレスビーの防衛線であるという意味合いで解釈するなら妥当なものだ。しかし、ニコルソン大佐はその言外の意味も理解していた。

日本軍のポートモレスビー攻略の盾（たて）となれということは、日本軍を消耗戦に持ち込むと同時に、この基地も消耗戦の最前線に立つことになる。

言い換えるなら、ポートモレスビーに向かうはずの圧力をすべてこのバークベースで受け止めねばならないのだ。

そのためにこの基地は要塞化されると言えば聞こえはいいが、後方の支援基地が最前線の航空基地になるのはまったく意味が違う。

しかし、上層部はその次元の異なる作業を、さも従来の延長のように行おうとしている。

そして、皮肉にも基地の将兵の士気は高い。

表面的には基地に野砲などが持ち込まれ、難攻不落の要塞化が進んでいるのだ。彼らには、自分たちが見捨てられていないことの証しにも見えるだろう。

だがバークベースの要塞化こそ、彼らが消耗品として考えられていることの証左なのだ。

なによりもつらいのは、ニコルソン大佐はそのことを知っていると同時に、何かあったら確実に脱出するよう命じられていることだ。

作戦が成功しても失敗しても、その原因を解析するために指揮官は生き残らねばならないという意図による。

本格的なジャングルでの戦闘、しかも互いに機械力を投入しての戦闘であるがゆえに、米軍のみならず、連合国軍としてニコルソンの経験は記録され、分析されねばならなかったからだ。

部下を捨てた指揮官という汚名をかぶることはなく、キャリアにもマイナスにならないと約束されている。軍の人事としては、そうなのだろう。

とはいえ、激戦の中で斃（たお）れていく部下たちの前で、自分だけ飛行機で脱出する姿は、上層部が何を保証したところで部下への裏切りでしかない。

残された将兵から、そう見えるだけではない。ニコルソン大佐自身が、そう自覚しているのだ。それはつまり、彼もまた用途は異なるとはいえ、消耗品ということにほかならない。

それでも攻勢から守勢に舵を切ったことの影響は大きかった。

輸送機でセメントが運ばれてくるが、それらは着陸せず落下傘で投下された。バークベースでの離発着がなくなる分だけ燃料が節約できて、積載量が増やせるかららしい。それに、セメントなら地面と激突しても影響はない。

落下傘と衝撃を吸収するための緩衝材も基地の維持に使われる。小麦粉や砂糖、塩も同様の手段で投下されるようになった。

鉄筋も最初は同様に投下されたが、変形がひどい場合もあって、これはグライダー輸送に切り替えられた。

鉄筋コンクリート製のトーチカがジャングルの中に建設されていく姿は圧巻だった。使い捨ての航空基地が、恒久的な要塞となるのだから。

砂利や砂だけは現地調達が必要だったが、それは野戦築城の中で回収できた。砂と砂利の層があったのである。どうやら昔は河が流れていた跡らしい。

それほど多くの材料が回収されたわけではないが、要塞化に必要な量は確保できた。掘削した跡は塹壕（ざんごう）や地下通路にもできた。

さすがににわか作りの要塞であるため、基地全体を擁壁（ようへき）で囲むようなことはできない。

バークベースは平坦地だったが、それでも多少は高い土地もある。それは五メートルあるかないかの高さだが、周囲を見渡すことができた。

そんな高い場所がいくつかあり、そこにまず鉄筋コンクリートの砲座や銃座を備えたトーチカが作られる。

低地からトーチカに接近しようとしても、複数のトーチカから攻撃されるように配置されている。

低地の中には意図的に銃撃を避けられそうな窪地が作られていたが、そこには地雷が敷設されていた。トーチカの攻撃を避けようとすれば、自ら地雷原に飛び込むことになる。

トーチカの中には地下道で結ばれているものもあったが、ニューギニアのジャングルゆえにそれが可能なトーチカは三割程度で、残りは独立していた。連絡は電話か伝令を走らせるしかない。

また火力も機関銃が主体で、野砲を備えたものは二つしかなく、ほかは三七ミリ砲であった。航空機輸送なので野戦重砲までは輸送できないのだ。

もっとも、日本軍にしてもジャングルの中を運べるのは野砲どまりだろうから、相対的な火力差はあまりないはずだった。

航空機の陣容にも変化があった。パイパー・グラスホッパー偵察機が配備されたのだ。それまでは基地の存在が秘匿されていたため、あえてバークベースからの偵察活動は控えられていた。

しかし、バークベースの攻防戦が現実的なものになったいま、偵察が重要になっていた。

反面、戦闘機隊については一〇機程度に抑えられている。大規模な航空兵力を維持するための兵站の負担を考えてのことだ。

そのかわり対空火器は拡充された。三七ミリ機関砲が多数配備され、対空火力の中核となった。

高射砲は重いので運ばれなかったのと、基地周辺の狭い範囲の防空なら機関砲のほうが効果的という判断だ。ここでは、銃弾一発だって航空機で運ばねばならないのだ。

こうしたなかで火砲搭載車両は増減なしだった。守勢になったので機動力が重視されないのと、要塞化のために優先して運ぶべきものがほかにあるためだ。

ただ、火砲搭載車両は決して遊んではいなかった。

7

「敵の装甲車です！」

偵察機からの報告に、ジャングル脇に潜む火砲搭載車は道路に照準を合わせる。

中継拠点の防衛線を突破された米軍ではあったが、すぐに第二の防衛線を構築した。

それ自体は難しくない。整備された道路は一本。日本軍が機動力で大部隊を投入するなら、この道を使うしかない。

しかも、これを建設したのは米軍であるから、なにをどうすべきかは誰よりもわかっている。

一時はオートバイ部隊が偵察隊として出ていたが、要塞化されたバークベースの偵察に出すのは死体の山を作るようなものだった。

だからいまは、装甲車が前面に出るようになったが、それはむしろ米軍にとっては望むところだ。装甲車を失うことで受けるダメージは、アメリカよりも日本のほうがずっと大きいからだ。

そしてグラスホッパー偵察機は、この局面で多くの結果を出している。道路を通過する日本軍に正確な野砲弾を撃ち込むのに最適だからだ。

さらに、米軍には中間拠点建設の時に啓開している更地（さらち）がいくつかあった。それらは全長一〇〇メートルにも満たず、木材を切り出した後は放置されたままだったが、少し整地すればグラスホッパーの滑走路になった。

そんな場所が四つほどある。だから、日本軍に対して神出鬼没の働きをすることができた。

日本軍も偵察機を厄介と思っていたが、まさか数十メートルで離陸できる飛行機とは思っておらず、バークベースが発進場所だと思われていた。

だから接近する日本軍を痛打することができたのだ。

そんな状況での日本軍装甲車だ。装甲車は改良されたようで、上空に向けて二丁の機関銃が見えた。対空火器の増強であり、それは理にかなった改造だ。

また、車体側面に鉄板をボルト止めした形跡があった。少しでも装甲を厚くしようというのか。しかし、熱処理した装甲板とただの鉄板は違うのだ。

火砲搭載車の砲手が照準を装甲車に合わせる。少し前まで、それは四輪トラックであり、装甲されていたのは荷台部分で、運転席は装甲など施されていなかった。だが、いまは運転席も鉄板で覆われている。それが装甲板か単なる鉄板なのかまではわからない。運転席の鉄板にはスリットが入っており、運転手はそこから前を見るのだろう。

むろん、そんなスリットでは装甲車も速度は出せない。しかし、ジャングルでの移動であり、そもそも速度を出すような環境ではない。

砲手は荷台ではなく運転席を狙う。徹甲弾を装塡し、砲弾を撃ち込む。砲戦距離は一〇〇メートルもない。砲弾は運転席の鉄板を吹き飛ばし、荷台で爆発した。トラックはディーゼルエンジン装備なのか、ガソリンに引火して爆発するようなことはなく、荷台だけが静かに燃えていた。

ここの道路は車両二台が通過できる幅があったが、後続車両は前進せず後退して行く。

日本軍にしては消極的な印象を受けたが、装甲車の損失が続けば積極的には動けないのか。それを裏付けるように、撃破した装甲車が後退を始めた。

どうやら後続車に牽引されて後退しているらしい。それも狙撃しようとしたが、すぐ死角に入ってしまった。

だが、日本軍はけっして撤収したわけではなかった。ジャングルの向こうからエンジン音がする。

「オートバイか!」

複数のオートバイが接近してくるようだ。装甲車に比べれば小さく、快速のオートバイは確かに彼らにとっても射撃は難しい。

それでも火砲搭載車には三七ミリ砲しかないわけではない。機関銃も装備されている。

それらがオートバイの接近に備える。

「遅いな……」

エンジン音は接近しているようだが、なかなか姿を現さない。

だが彼らは突然、炎に包まれる。どこからともなく飛んできた火炎瓶が火砲搭載車を炎上させたのだ。

ガソリンエンジンの自動車は、すぐに燃えあがり、ガソリンに引火して砲弾もろとも車両を吹き飛ばす。

その混乱の中で、ジャングルから短機関銃と軽機関銃の銃弾が待ち伏せていた米軍に振り注いだ。

「深追いするな！」

オートバイ隊の軍曹が言う。

「迂闊に接近すれば返り討ちにあうぞ」

そうして再び装甲車が前進し、オートバイ隊も現れる。

「四号車はどうなります？」

軍曹は装甲車の車長に尋ねる。

「乗員か？　一人重体だ」

車長は、生存者は一人だけだと暗に伝える。

「装甲車は明日中に修理できるらしい」

「明日！　いや、それより修理できるのですか」

「運転席を狙ったらしいが、車体への損傷はそれほどない。ディーゼルだから、火災もぼや程度で、エンジンも無事だ。

修理はそう難しくないそうだ。砲弾がもう少し下を狙っていたら、トランスミッションがやられていたそうだ」

「ディーゼルさまさまですね」

米軍の火砲搭載車は、日本軍の装甲車と発想においては大差なかった。大きさもそれほど違わない。ただこちらは火炎瓶攻撃の影響は甚大で、修理はほぼ不可能だった。タイヤまできれいに燃えている。

戦場では鹵獲兵器が生まれるが、使えるかどうかは状況次第だ。銃を手に入れても弾がなければガラクタだ。

逆に自動車などは敵味方とも重宝する。日本の自動車産業は、黎明期にはフォードやGMの修理から製造技術や部品の国産化を進めてきた。

だから、自動車部品の多くがフォードやGMと同じ規格であった。自動車メーカーにしても、アメリカ車のコピーから技術を蓄積するところもあった。

これは日本国内の自動車が、いまだに少なからずアメリカ車の比率が高いこととも関連する。

つまりアメリカ車のコピーなら、国内外の自動車部品も同じ規格であるのと、数少ない運転免許保有者が慣れ親しんでいるのがアメリカ車なので、コピー車なら即戦力にできるためだ。人材と教育の問題は戦時下では、より切実な問題だ。

このことは鹵獲自動車にも非対称性をもたらしていた。米軍が日本車を鹵獲してもディーゼルエンジン搭載車は運用面でわからない点も多い。

対する日本軍は米軍の車両を鹵獲したら、極論すればそのまま乗りこなせるわけである。

補給困難なニューギニアの戦場では、自動車の問題は兵站に直接かかわるだけに、鹵獲車両が使えるかどうかは決して小さな問題ではなかった。

「ただいま、戻りました！」

斥候（せっこう）に出していた分隊が小隊長車に状況を報告するために戻ってきたのは、敵軍を追い払ってから数時間後だった。

「陣地としては簡便なもので、車両と三七ミリ砲を中心とした移動砲座とその周辺の機銃座程度です」

分隊長が地図に状況を描き記す。地図といっても占領した場所は詳細だが、その先はかなり曖昧（あいまい）な地図だ。ただ車両が通行できる道路については、航空攻撃などのおかげでかなり鮮明になっている。

「敵は、少なくともここここに、車両と三七ミリ砲を設置し、我々を待ち構えています。

個々の陣地はさほど堅固なものではありませんが、機動力がある。一撃離脱を繰り返しながら結果において縦深を深くできています」

小隊長やほかの分隊長もその報告に眉をひそめる。日本軍は前進を続けているが、それはこの道路を使うよりない。

その道路に米軍は拠点を設け、部隊を襲撃する。今回はジャングルの中を迂回し、火炎瓶攻撃で撃破できたが、同じ手が二度は通用しないだろう。

結果として、米軍相手に日本軍は一日一〇〇メートル単位の前進を続けていた。

「こんなことを繰り返していたら、増援部隊が来る前に中隊の将兵がいなくなってしまいますよ」

一人の分隊長の言葉にほかの分隊長もうなずく。戦いはそれほど苛烈であった。

飛燕航空隊の支援もあったが、なかなか決定打にならない。さすがに車両搭載の三七ミリ砲のようなものを空からピンポイントで攻撃するのは難しい。

「ここは、根本的にやり方を変えるしかないだろうな」

第3章　殴り込み部隊

1

「山田さんは、一年になりますか」

秋庭(あきば)大尉はラバウルで山田吾郎(ごろう)技術中佐と再会した。電撃設営隊構想と軍人設営隊推進の動きの中で、彼も色々と意見を聞かれたバイク仲間だ。

「いや、半年くらいだろう。まぁ、世の中の変化が速すぎて、あれやこれやが何年も前のことのように思えるがな」

「確かに、何年もかかった電撃設営隊構想も一気に実現しましたな」

それは秋庭の偽らざる気持ちであった。

電撃設営隊を新設するにあたり、山田は設営隊員たちに歩兵戦闘訓練を受けさせ、必要に応じて戦闘員として自衛することを考えていた。

それに対して秋庭大尉は、設営隊員の戦闘訓練を無意味とは言わないものの、それを過度に頼むことには反対の立場であった。

「一人前の設営隊員になるのにも、技能取得の勉強と実務訓練が必要です。陸戦も同様で、基礎知識を教えられても実戦で役に立つとは思えません」

秋庭の意見に山田も納得した。しかし、いずれにせよ基礎知識の教練は必要であるのと、そもそも設営隊と行動をともにする専属部隊がいない。

そうした中で、秋庭は電撃設営隊と行動をともにする専属部隊の編成を軍令部や海軍省に提案し、受け入れられた。

そしていま、秋庭大尉は一二〇人以上の部下を抱える陸戦隊の中隊長であった。

一二〇人とは中途半端な数に思えるが、戦闘に従事する兵員としての一二〇名であり、ほかにも医療や経理を行う人間がいる。

ただ、一二〇名規模という表現をするのにはわけがある。秋庭大尉は機動力を重視していた。

銃を持って戦う人間が一二〇名というのは、部隊規模なら、陸軍で言えば二個中隊程度に相当するだろう。つまり秋庭大尉は、部隊を支える支援機能については設営隊に依存することで、臨機応変に中核部隊を派遣し、敵に対処することを考えていた。

精鋭一二〇名に訓練を受けた設営隊の人間を合わせれば、大隊規模の戦力にはなる。それだけの戦力なら、そう簡単には敵も降(くだ)せないはずだ。

逆に、大隊規模を超える敵軍が来たとすれば、それはそれで一大事であり、迅速な撤退なり、敵の侵攻を遅らせる遅延作戦なりが必要となるが、大隊規模ならどちらも可能となる。

ただ秋庭の構想は評価されながらも、実際には彼が思い描いていたような運用はなかなかできなかった。部隊の錬成途中で、小隊単位であちこちに増援として転戦するようなことが続いたためだ。

むろんそれを断るわけにはいかなかったのと、ジャングルでの実戦経験を積む機会でもあり、秋庭も積極的に応じていた。そのため、部隊全体としての活動はなかなかできないでいた。

そうした中で、やっと一二〇名が一堂に集結することができた。その時に秋庭は山田と再会したのだ。

「いままで君の部隊が私の部隊を支援する形で訓練を進めてきた。しかし、今回は君らの部隊の戦果を拡大するために我々が出動することになりそうだ」

「山田隊長もバークベースに？」

山田はうなずくことで、それを肯定した。

「まぁ、我々が進出するのは君らの作戦の後だがね」

敵の拠点がバークベースという名前なのは、捕虜の尋問の中で明らかになった。もっとも捕虜の口は固く、わかったことは驚くほど少ない。

それでもそこに大型の滑走路があり、輸送機は出入りしているが、戦闘機は数機しかないことはわかっていた。

基地の全貌についてわかっているのはその程度だが、基地施設について詳しく知っている人間は、陸軍将兵でもそもそも少ないらしい。

それでも対空火器や防御火器の拡充は続けられているらしい。野砲も設置されているという。

とはいえ、それは日本軍も予想している事態であった。軍事常識に照らせば、基地の防備を固めないほうがどうかしている。

「具体的には、どう攻めるのだね」

それに対する秋庭の返答は明快だった。

「作戦は立っています。いまはその検証です」

2

ニューギニアの海軍陸戦隊には、二両の九五式軽戦車があった。海軍陸戦隊の九五式軽戦車は島嶼（とうしょ）戦を考えた結果、陸軍の軽戦車とは根本的に発想が違っていた。ジャングルなどの不整地を移動するので、速度よりトルクを重視していた。なので履帯幅も原型より広い。これにあわせてトランスミッションも原型とは変わっている。

火力は三七ミリ砲のままでも問題なしとされたが、装甲は厚くされている。一〇〇メートル、二〇〇メートルという至近距離での戦闘を意識して、それに耐えられるものとして正面装甲は五〇ミリとされた。

これに関しては、海軍工廠（こうしょう）で装甲部分だけ作り変えるという荒業（あらわざ）を行った。結果として、海軍陸戦隊仕様の九五式軽戦車は総数で一〇両程度だが、海軍の島嶼戦用の装甲車両の研究には大きな技術的経験となったという。

その九五式軽戦車がバークベースに迫って行く。道路ではなくジャングルの中を走破するのは、その跡をほかの車両が拡大し、侵攻路として活用するという含みもある。

　これもあって軽戦車の装甲は厚くされ、車体重量は増やされている。

　それなら中戦車でもよさそうだが、それは予算がかかるのと、軽戦車を重くしても中戦車ほどの重量にはならないので、クレーンやデリックでの移動が可能という重要な利点がある。中戦車を重くすれば輸送の問題が生じるだろう。

　もちろん、電撃設営隊の高速艇を使えば輸送可能だが、それが常に利用可能とは限らないのだ。

　重装甲の軽戦車には米軍も手を焼いた。三七ミリ砲を撃ってくるが、もともとそれでは撃破できない装甲厚を備えているから、そうした対戦車砲陣地は手も足も出ない。

「あの速射砲陣地に機銃攻撃をかけてくれ」

　戦車の周囲で警戒にあたる陸戦隊員から車外の電話で指示が入る。これも島嶼戦用に新たに取り付けられた装備で、外の歩兵と中の戦車兵の間の意思の疎通を図る装備だ。

　単純な装備だが、これがあるのとないのとでは戦場での運用がまるで違った。

「機銃掃射？　主砲で仕留められるぞ！」

「仕留めてほしくないからだ。あの速射砲陣地、車載だ！」

「車載か。わかった」

過去の戦闘で、米軍が小型トラックに三七ミリ砲を搭載しているという報告が陸軍側からなされていた。

その三七ミリ砲が自分たちを攻撃しているらしい。どうやら陸戦隊員は、それを手に入れようとしているようだ。

それは理解できる話だ。敵の車両を一両手に入れれば、敵は一両失い、彼我（ひが）の差は二両となる。

九五式軽戦車は三七ミリ砲に向かって機銃弾を叩き込む。

三七ミリ砲も応戦するが、むろんそれで貫通するようにはできていない。それでも敵の砲手は三七ミリ砲を次々と撃ち込む。

それは相手の戦車が主砲を撃たないためだった。主砲が使えないほどのダメージを与えたから、あと一息と考えたのだろう。

しかし、それも陸戦隊により包囲され、短機関銃を撃たれるまでだった。本来なら車両を警護するはずの兵士たちも、戦車からの機銃攻撃で近づけない有様だった。

だから、防備にすきができていた。陸戦隊はそこを利用したのだ。ほどなく三七ミリ砲を搭載した車両は陸戦隊が占領した。

「どうだ。使えそうか」

陸戦隊の分隊長に戦車長が尋ねる。

「こっちも派手に撃ったので、いまここでは動かせませんが、基地に持ち帰れば修理可能です。エンジンは動きますんでね」

「どうやって持ち帰るつもりだ?」

「設営隊がトラクターを出してくれるそうです」

何もないジャングルを移動するとなると、いかなトラクターでも難儀するだろうが、すでに九五式軽戦車が道筋を開いているので、トラクターでもなんとかなるだろう。

一応、トラクターが来るまで戦車はその場にとどまり、現状を確保した。敵軍もあえて九五式戦車に手を出そうとはしない。もっとも、戦車長もいつまでもここにとどまるつもりはない。

彼らの主たる任務はバークベースの防御陣地の確認であって、敵軍車両の確保ではない。

だから現状を確保できる範囲で、彼らは戦車を移動し、敵の動きを探る。軽迫撃砲弾を撃たれたりもしたが、戦車には損傷はなかった。

むしろ敵の防御火器の配置が、よりはっきりした。何度かの交戦でわかったのは、敵軍がかなり整った防御陣地を構成していることだった。

信じられなかったが、少し小高い土地には鉄筋コンクリートのトーチカが建設されていた。

火力はほとんど機関銃であるが、軽迫撃砲もあり、間違いなく三七ミリ砲もあるだろう。

火砲については空輸に頼るというバークベースの制約から、あったとしても野砲どまりと思われた。

待っていたトラクターが到着したので、軽戦車はバークベースのほかの陣地を調べるべく移動を開始する。しかし、軽戦車は一つところにとどまりすぎた。

米軍は、戦車の進行方向にすでに火力を集結させていた。先ほどとはうって変わって、激しい銃火が戦車に集中する。

それは機銃であり、三七ミリ砲であり、戦車の装甲を貫通するには至らない。しかしその密度は高く、軽戦車は停車を余儀なくされた。

戦車兵たちは戦車から一歩も出られない状況で、外を確認することもできない。

そのための陸戦隊も激しい火力で前の戦車と切り離されていた。

そして、ついに軽戦車は撃破された。

最前線に引き出された野砲が、直照準で軽戦車の装甲を撃破したのだ。内部での誘爆で軽戦車は砲塔が吹き飛ぶほどの爆発を起こした。

これがきっかけとなった。戦車が撃破されたことで、日本軍は一斉に撤退した。

3

「撃退できたか」

ニコルソン大佐は、その報告に安堵して電話機を置いた。日本軍は戦車まで投入してバークベースに迫ったが、なんとか撃退できた。

それはバークベースの防衛陣地の堅牢さを確認できたことを意味する。

それはそれでよかったが、しかしこれは自分たちの基地を守ったに過ぎず、日本軍の侵攻意図を挫いたことにはならない。

日本軍が再び侵攻してくるのは間違いないだろう。それを撃退しても、日本軍はまたやってくる。その繰り返しだ。

それに合わせて基地の要塞化を進めるのは可能であるし、そうしなければならないだろう。

だが、それは終わりのない道だ。いつまでこれを続けるのか？　ニコルソン大佐はそれを思う。

日本軍を撃退したとはいえ、冷静に考えるならイニシアチブは自分たちではなく日本軍にある。自分たちがどうなるか、それは日本軍次第なのだ。

「ポートモレスビーに連絡しろ。我々には火力が必要だ」

４

「いままでの陸海軍の戦闘から、バークベースの防御はかなり重厚なのは明らかです」

秋庭大尉は、陸軍の橘中隊長らを集めた作戦会議でバークベースの図面を前に説明する。

「敵軍が敷設した道路はこの一本。それに我々が侵攻のために開いた進軍路がバークベースを包囲するように延びています。

もちろん、敵軍もこの進軍路の存在には気がついており、何度となく小競(こぜ)り合いは続いています」

「敵の防衛線はどうなっている？」

橘中隊長にも情報は入っているのだろう。彼はそこを確認する。

「鉄筋コンクリートでの野戦築城は我々との戦闘で難しくなっておりますが、塹壕(ざんごう)や丸太を多用した機銃座などは整備されています。

以前はマイクが設置されておりましたが、我々がその存在を知ったことがわかると、現在は使用されておりません」

「マイクのせいで痛い目にあっているからな」

橘はそう言ったが、いささか安堵の色が見えた。陣地の周囲にマイクを並べるような異次元の戦法をとられると、日本軍も対抗策に苦慮するのだ。

「敵軍は縦深を深める方向に進んでいます。陣地と陣地が連携し、一つの部隊を複数の陣地から挟撃できるようにもなっています」

「真正面からぶつかるのは得策ではないか」

「特に戦車の攻撃を恐れているようです」

「まぁ、それは陸戦の常識だな」

秋庭は橘の話を受け、さらに続ける。

「斥候などの話を総合すると、敵軍は我々側の正面の陣地こそ手厚いですが、背後は比較的手薄です。それでも塹壕と機銃座は整備されています。鉄筋コンクリートのトーチカはありませんが」

「それはたぶん、敵も防御火器に余裕がないのだろう。正面にだけ重火器を配備せざるを得ない。何かあったら、背後の防衛陣地に軽機関銃などを移動させる。自分なら……」

橘は図面の中に丸を描く。

「ここに野砲を設置する。そうすれば、正面も後ろも敵に火力支援ができる」

「三六〇度の視界を確保するわけですか」

それは秋庭にも腑に落ちた。戦車を撃破した野砲だが、それから目撃報告がない。陣地のどこかに設置されているはずだが、それがわからなかったのだ。

「だいたい、どこを攻撃すべきか見えてきましたな」

秋庭は、そう会議を締めくくった。

5

バークベースの周辺では、兵士たちが塹壕掘削に駆り出されていた。

すでに鉄筋コンクリートではなく、丸太と土嚢での陣地構築になっていた。日本軍の動静から本格的な侵攻は近いと分析されるからだ。

これに伴い、バークベースにも移動式の簡易レーダーが運ばれていた。ポートモレスビーのレーダー基地だけでは、基地上空の防空戦で不利になるとの判断だった。

バークベースにも戦闘機は若干増やされたが、それは損傷した分を補充する程度で、機体の総数は一〇機前後で変化はない。

輸送機の離発着だけの航空基地であり、戦闘機を運用する能力はない。離陸と着陸ができるだけだが、戦闘機基地としてはほぼ何もできない。燃料補給が関の山だ。

これは防衛線の増強の結果で、最適な防衛線にしたために戦闘機を運用する施設的な余裕がない。そもそも、防空はポートモレスビーの航空基地をあてにしていたのと、作戦自体が短期決戦であったから、それで十分と考えられていたのだ。

滑走路自体は輸送機用のがあるが、それを戦闘機でふさぐのは本末転倒だ。輸送機の運用を最優先すれば、戦闘機は脇に追いやられるのである。むしろグラスホッパー偵察機のほうが数は増えていた。

日本軍の攻勢は戦車を投入するなど、本格的な水準になっている。

だからこそ、防御陣地を充実させねばならない。ここで日本軍を消耗させることこそ、このバークベースの目的だからだ。

丸太と塹壕の陣地は鉄筋コンクリートのトーチカほどの頑強さはないが、陣地の柔軟さはあった。

機銃座は複数で一組となり、それらが相互に連携して、正面からの敵に死角がない形で構築された。

火砲など火力面での限界はあったが、ジャングルの戦闘であり、基本は歩兵だ。だから機銃座の重要性はなにより重い。

日本軍の戦車は懸念ではあるが、野砲は移動できるように車両で牽引する準備はできている。それ用の砲座も設置した。

不思議なのは日本軍の航空隊の活動が、ないというのは言い過ぎとしても、恐ろしく不活発であることだ。レーダーによると、前線基地に増援はなされているらしいが、戦力その他がはっきりしない。

こちらからの偵察機は基地にたどり着く前に撃墜されるため、偵察機は出せず、斥候を放っても基地の手前で追い返されるか、未帰還者となってしまう。

未帰還なのも日本軍のためか、自然の猛威のためかはっきりしない。

日本軍航空隊の情報は見当がつかない。レーダーはあるが簡易型なので、あまり精密な分析まではできないのである。

しかし、軍事常識から考えて航空優位を勝ち取ってから、地上部隊を侵攻させるのは間違いないだろう。そのため塹壕には空襲への備えもなされていた。高射砲は増やせないが防空壕は増やせる。

すでに最前線の陣地はジャングルの樹木に紛れるための偽装さえ行わず、あくまでも陣地の構築を優先していた。いや、せざるを得なかった。

そして、日本軍が攻撃をかけてきた。

6

アンゴの航空基地から出動したのは、彗星(すいせい)艦爆隊であった。

増援もあり、機体総数は二七機である。これに零戦一五機が護衛について総数は四二機である。

アンゴからバークベースまでは地上を移動するには大変な労苦を伴うが、航空機を使えば指呼（しこ）の距離と言ってよい。

バークベースには電探があると言われていたが、それは事実のようで、Ｐ40戦闘機が迎撃に現れた。

出撃したのは一〇機、それに立ち向かう零戦は一五機である。そして、ポートモレスビーからの増援はまだ来ない。

ここでＰ40戦闘機隊は致命的な失敗をしてしまう。攻撃機より先に戦闘機を迎撃しようと考えたのだ。連合軍でも、日本軍機の性能を低く見る人間はいまだ少なくない。

彼らは若年搭乗員ということもあり、零戦などと侮（あなど）っていた。古参の士気を鼓舞（こぶ）するための強がりを、彼らは真に受けていたのである。

だから戦闘機をさっさと始末して、攻撃機をゆっくり料理しようと考えた。戦闘機さえなければ、攻撃機など簡単に撃墜できる。

それはいくつかの前提が成り立っていれば成立したが、それは成立していない。数の優位もあり、Ｐ40戦闘機隊は次々と撃墜されていく。

その間に艦攻隊は滑走路にはいっさい手を触れず、基地周辺の陣地部に爆撃を行った。

　コンクリートのトーチカと思われる部分には五〇〇キロ徹甲爆弾を投下し、ほかは通常の小型爆弾を投下する。

　すべてのトーチカに徹甲爆弾が命中したわけではなかった。しかし、命中しなくともその爆弾の破壊力は周辺の陣地には甚大な被害を与えた。破壊された野砲さえある。

　一方で、命中した徹甲爆弾はトーチカの鉄筋コンクリートを貫通し、内部で爆発することでトーチカを地面から吹き飛ばした。

　もともと材料を空輸で運んできたトーチカであるから、歩兵との白兵戦には無敵であったが、戦艦相手の徹甲爆弾には耐えられない。

　いままで日本軍の航空攻撃が低調に見えていただけに、このトーチカの粉砕は防衛側の士気を確実に下げていた。

　なによりも主たる防衛線の中核がこのトーチカであるから、ここが粉砕されることは、防衛線に著しい弱点が生じることを意味した。

　すぐにニコルソン大佐は破壊されたトーチカの場所に機関銃分隊を移動させ、トーチカが破壊された火力の穴を埋めさせた。

彗星艦爆隊もそうした分隊への攻撃はあえて仕掛けなかった。爆弾を投下するなら、ほかにまだやるべき場所があるからだ。

それは高射砲陣地である。バークベースの防衛線の中に滑走路を囲むように高射砲陣地がある。

防衛線全体では、高射砲陣地の配置は必ずしも合理的ではない。もともと日本軍に対する防御は重視されておらず、攻勢拠点であったためだ。

そのため防御陣地は高射砲陣地を守るようにはなっておらず、また高射砲陣地も対空戦闘以外では防御陣地の戦力とはなっていない。口径だけいえば、高射砲のほうが野砲より口径が大きいほどだ。

その高射砲陣地に彗星艦爆は急降下爆撃を敢行する。必ずしも直撃弾で破壊できたわけではなかったが、破片効果により陣地そのものを無力化することには成功していた。

補給面の問題もあり、正面陣地を強化すれば高射砲陣地の強化まで手がまわらないのは避けがたい。

だから陣地は土嚢で固めただけで、鉄筋コンクリートではできていない。五〇〇キロ爆弾には耐えられるはずもない。

高射砲陣地はこうしてほぼ制圧できた。それでも滑走路は無傷であった。

海軍の九五式軽戦車は陸軍のそれとは異なり装甲を強化されていたが、じつのところ改造軽戦車のほとんどが大なり小なり他車と形状が違っていた。つまり、それぞれに独自の改造が行われていたためだ。

先日の戦闘で野砲に撃破された海軍の九五式軽戦車の僚車にしても、同じではない。いまバークベースの攻略に向かっている陸海軍連合部隊の海軍陸戦隊側の九五軽戦車は、砲塔は九七式中戦車のものが搭載されていた。

この改修に陸軍当局は協力的だったのだが、その理由は彼らも九五式軽戦車の火力増強策として同様のことを考えていたためらしい。

九七式中戦車の火力増強（長砲身の五七ミリ砲だという）にあわせ、従来の砲塔を新砲塔に換装する。すると、いままでの砲塔が余るので、それを九五式軽戦車に搭載するというわけだ。

海軍としては、当初は三七ミリ砲を短砲身の五七ミリ砲に換装することを考えていたわけだが、陸軍側の提案はむしろ望ましい。こうして装甲を強化し、火力も増強した陸戦隊仕様の九五式軽戦車が完成したのだ。

ただ海軍の九五式軽戦車の中でも、この改造を施されたのはいまこの戦場にいる一両だけだ。海軍の戦車の総数そのものがわずかであるからだ。

しかしバークベース攻略では、この軽戦車が存在感を示していた。機銃弾くらいで戦車の侵攻は阻止できない。三七ミリ砲程度ではその装甲も貫通できない。

そして、機銃座や砲座は五七ミリ砲で撃破される。短砲身で装甲貫通能力には劣るが、こうした陣地戦では速射性に優れていたため、米軍側には大きな脅威となった。

さらに火力が戦車に集中しているため、歩兵の前進は容易になった。戦車に気を取られている機銃座などに、忍び寄った日本兵が手榴弾を投げ込むのだ。

こうして戦車を中心に日本軍は着実に前進していた。彗星艦爆隊との連携で、彼らは五〇〇キロ爆弾に粉砕されたトーチカ群の方向から接近していた。

トーチカが健在なら野砲で戦車を撃破できたはずだが、そのトーチカがない。ここに戦車で侵入路を拡大されれば、バークベースには深刻な事態となる。

海軍仕様九五式軽戦車は破壊されたトーチカ方向に前進する。海軍陸戦隊もその後方から前進していた。

コンクリート製のトーチカには重機関銃が装備されているが、それでも戦車の装甲は貫通できない。そして、五七ミリ砲がトーチカの銃眼に砲弾を撃ち込む。

装甲貫通力はあまりない短砲身の五七ミリ砲ではあるが、トーチカや銃座を破壊するには十分な威力があった。なによりも砲弾は軽いために速射性には優れていた。

米兵たちも、至近距離の五七ミリ砲弾に前進を阻(はば)まれる。そして、破壊されたトーチカを陸戦隊員が確保し、日本軍は陣地に穴を穿孔(せんこう)するかのように浸透する。

だが、陸戦隊の前進はそこから停滞する。

米軍陣地に楔(くさび)のように打ち込まれた陸戦隊員たちは、確かにいくつもの陣地を攻略していたが、兵力量に限度があった。

そして、コンクリートトーチカを抜かれた米軍側は、そこに兵力を向けて日本軍を包囲する姿勢を示した。

日本軍も奪取した米軍陣地で包囲網に対抗するが、これにより戦車も前進できなくなった。戦車だけが前進すれば陸戦隊員を守るべき戦車がいなくなる。

陸戦隊員の武装は軽機と擲弾筒(てきだんとう)程度であり、敵の猛攻には戦車しか対抗手段がなかった。だから前進ができない。下手に前進すれば、敵軍に包囲され、退路が断たれてしまうからだ。

九五式軽戦車も接近する米兵に五七ミリ砲を撃ち込むが、それは前進して来る米兵を阻止できるが、自分たちの前進ができない。

かろうじて後方の友軍との連絡はできているため、五七ミリ砲弾の補充はついた。しかし、それでも銃弾の補充は命がけだった。米兵も補充に動く兵士こそ倒すべき相手とわかっている。

砲撃と銃撃は続いたが、消耗戦は陸戦隊には不利になる。別方向を攻めている陸軍部隊との合流が予定されていたが、陸軍部隊も堅陣に阻まれて進めないらしい。

陸海軍ともに敵陣に楔を打ち込みながら、その楔が敵陣を包囲するには至らない。陸海軍ともに敵軍と激戦を続けている。退かないが進めない。

そうした中で、米軍側の動きが変わってきた。増援していたはずの米兵たちが、なぜか撤退していく。

「やっと来たか」

陸戦隊員たちや陸軍将兵たちは、米軍の動きから自分たちの作戦の成功を確信した。

7

バークベースへの日本陸海軍の攻勢が始まった頃、ブナの海軍基地にはロールアウトしたばかりの二機も加えた総計八機の二式輸送機が待機していた。

それぞれの輸送機には、完全武装の海軍陸戦隊員が二〇名乗り込んでいた。

輸送機隊の浅沼中佐は緊張していた。作戦に際して指揮官である彼が出動する必要はない。それは浅沼もわかっていたし、通常ならあえて前線に出ようとはしないだろう。

だが、今回のような作戦に投入されるとなると、指揮官先頭の原則だけでなく、この二式輸送機がどこまで使えるのか確認したいという思いが抑えられないのも事実だ。

陸戦隊を指揮するのは外山少佐であった。彼とは綿密な打ち合わせをしたが、この飛行機には乗っていない。万が一にも撃墜されたら、部隊は一度に指揮官二人を失うことになる。それは避けねばならない。

二式輸送機は鹵獲(ろかく)した米軍のB17をもとに国産化した四発機であり、爆撃機として完成させる前に技術検証として、まず輸送機として製作されたものだ。

日本軍そのものが高性能輸送機を必要としていたので、この試験機の製作は決して無駄ではない。

その輸送機八機はいま、陸戦隊員を乗せてバークベースを目指そうとしている。

通信兵は、先行する部隊が順調に作戦を進めていることを告げていた。対空火器は航空隊が無力化した。

懸念されていた防御陣地の将兵は、陸戦隊と陸軍部隊の攻勢に応戦しているため、バークベースそのものを守っている兵員は手薄だ。

そこに輸送機隊が殴り込む。確かに輸送機は危険にさらされるが、それでバークベースが占領できるなら、十分その犠牲に見合うだろう。

航空隊はバークベースの電探も破壊したという。だから敵は輸送機隊には気がつかないだろう。上空では戦闘機隊が制空権を確保しているはずだ。

輸送機隊の四発機は試作機という不安定さもなく、エンジンの作動も安定し、そのまま順番に上昇する。

浅沼隊長は輸送機に乗りながら、複雑な思いを抱いていた。飛行機は安定した飛行をしているが、部分部分にはB17よりも簡略化した機構も少なくない。

結局、この違いとは彼我の技術力の違いなのか。ただ、技術力の違いが戦力や性能の違いに直接結びつくかといえば、話はそれほど単純ではない。

兵器であるからには、運用という問題がついてまわる。適切な運用を行うことで効果をあげる兵器というものはあり、それならば高性能と言えるわけだ。なぜなら、結果を出しているから。

二式輸送機やそれが目指す四発陸攻もそうだ。例えばＢ17は陸軍機であるので、それが敵艦を雷撃することは、まずない。

しかし日本海軍の陸攻となれば、四本の航空魚雷を雷撃する雷撃機としての運用が可能だ。飛行する機械としてはオリジナルのＢ17のほうが高い技術で製作されているとしても、この運用においては四発陸攻が効果的な兵器となる。

つまり、運用目的を明確にし、それに対して技術を特化すれば、日本が航空機技術でアメリカより劣勢であるとしても勝機は見えてくる。

浅沼中佐があえてこの危険な任務に飛び込んだのも、このことを我が身で確認したいという強い思いがあったからだ。

ブナからバークベースまでは比較的近距離だった。正直、飛行機を飛ばすまでもない距離とも言える。

そこはいままで巧みに偽装されていたが、いまこの局面では間違いようもない。

バークベースの周辺は燃えている。それは激戦が行われていることを意味していた。

日本軍に四発爆撃機がないことを米軍は知っていた。だから、八機の輸送機を彼らはポートモレスビーからの増援機と考えたらしい。

レーダーがあれば日本軍機とわかったかもしれないが、すでにそれは破壊されており、彼らには四発機が見えてから判断するよりなかった。

米軍側は、自分たちの爆撃機が日本軍を攻撃してくれると考えたらしい。

それは自然な発想ではあったが、致命的な間違いだった。

爆撃を行わないことに米軍兵士たちは違和感を覚えたものの、着陸態勢に入ったことで輸送機の類と思われた。それはそれで、いまの状況なら理解できる。

しかし、改めてその機体を見るに、それが日本軍機だと彼らはやっと理解した。

だが、すべては遅すぎた。

バークベース側が気がついた時には最初の四発機は着陸を終え、完全武装の日本兵が降りていた。飛行機は日本兵を下ろすと、そのまま再び離陸し、ぎりぎりのところで再上昇した。

高射砲で撃墜するには最適の状況だが、その高射砲はすでに破壊されていた。

四発機は日本兵を降ろして、次々と離陸していく。本来なら、遮蔽物のない滑走路である。日本兵には十字砲火を浴びせられるはずだった。

しかし、滑走路周辺に米兵はほとんどいない。銃を持てる人間は、すべて防御陣地に向かっている。そのため日本軍兵士は滑走路脇の防御陣地を占領し、滑走路を確保してしまった。

だが、米兵も黙ってはいなかった。

8

「トラックを用意しろ！」

軍曹は叫ぶ。彼は滑走路の発着機部員だった。だから守備隊の人間ではない。兵士でもあり、銃も持っている。

基地の防衛は彼らの担当ではないものの、そうは言っても日本兵はやって来た。いま戦える自分たちしか、敵を撃破できない。

敵には機関銃もあるが、自分たちにあるのは小銃と拳銃だけだ。遮蔽物のない滑走路だからこそ、自分たちも迂闊に接近はできないのだ。

だから軍曹は考えた。

敵は自分たちが掘った塹壕にいる。外からの敵に対して内側から守るための塹壕だったが、よもや内側から攻められて、外から奪還することになるとは思わなかった。

だが、軍曹は考えた。こちらにも武器はある。トラックにドラム缶を積み、暴走させる。

トラックは塹壕で擱座（かくざ）するから、そこを銃撃すれば塹壕の中には火がついたガソリンが流れ、日本兵は全滅だ。

「完了しました！」

部下たちの報告に軍曹は運転席に飛び乗る。エンジンをかけて、滑走路の塹壕に走る。

彼は箒（ほうき）を抱えていた。いざとなったら、それでハンドルを固定し、自分だけ脱出するためだ。

だから、ギアはローに入れている。飛び出して戦死するわけにはいかないのだ。

運転席には鉄板を貼り付け、狭い穴が並んでいる。スリットのつもりで、ボール盤で穿孔して穴を並べてつないだのだ。視界はお世辞にもいいとは言えないが、ともかく目的は果たせる。

鉄板には容赦なく銃弾が命中する。装甲板ではなく鉄板であり、命中弾は貫通しないまでも弾芯を覗かせるほど鉄板に刺さる。

トラック自体にも多くの銃弾が当たっているが、奇跡的にエンジンは無事だ。

「あと五〇ヤードだ！」

軍曹がそう思った時、予想外のことが起こった。日本軍が大砲を放ったのだ。輸送機に大砲などどうやって搭載したのか？　歩兵ばかりの部隊ではなかったのか？

だがその疑問を解消するまもなく、トラックは砲弾の直撃を受け、その場でガソリンに引火し、大爆発を起こした。

周囲は火の海になったものの、塹壕は無事だった。

陸戦隊はなんとか塹壕を確保することができた。しかし、敵の反撃も意外に強い。なんとかして前進しなければならないという時に、それはやって来た。

「なんだ、装甲車か！」

陸戦隊員たちも、それなりに米軍車両の知識は教えられていたが、目の前に現れた車両は既知のどの車両でもなかった。トラック型の装甲車なのだ。

だが不可解な理由は、すぐにわかった。それはトラックに鉄板を張り付けた、にわか作りの装甲車なのだ。

装甲車には銃弾が降り注ぐが、鉄板は貫通されてもトラックは止まらない。

「無反動砲、もってこい！」

陸戦隊は輸送機ごとに一門の無反動砲を持参していた。

この無反動砲は艦攻などの攻撃機から重爆を撃破する目的で開発された火砲であったが、さすがに飛行機に搭載する火砲は技術的に無理があり、開発方針が変えられた。

つまり、大火力を持てない空挺作戦用の支援火器として転用されたのだ。

反動を打ち消すバランスウエイトが必要という原理から、後方に広い空間が必要であるが、ここは滑走路なので空間に不自由はしない。

この無反動砲は低圧で砲弾を撃ち出して、次にロケット弾に着火して初速を稼ぐという原理なので、火砲の重量も軽く、まさに空挺部隊に向いていた。

ただし、原理的に風の影響を受けやすいのと、ロケットで加速するため近距離すぎては火力が弱いという欠点があった。

だが、この時は条件に恵まれていた。風はなく、滑走路の向こう側の相手であるから、加速のための距離もある。

照準を定め、装甲トラックに無反動砲が火を噴く。

砲弾は運転席を直撃し、さらに荷台まで飛び出して爆発した。ガソリンにその砲弾が引火し、トラックは大爆発を起こしてしまった。

陸戦隊の気勢は上がり、米軍側の士気は下がる。トラックが失敗したことと、日本軍がなぜか火砲まで持参していることにだ。

この無反動砲は五七ミリ口径の野砲よりも小口径だが、九七式戦車などと同じ口径で、それなりの威力があり、同時に速射性には優れていた。

トラックの爆破で米軍側が後退したのを好機と捉え、陸戦隊員たちは前進する。滑走路周辺の施設は早々に確保した。米兵たちはそれらを破壊する余裕もなかった。なによりも無反動砲を装備したことで、火力を持っていることが大きい。陸戦隊全体で八門の無反動砲がある。

小銃と軽機関銃だけの滑走路の守備隊に対して、無反動砲の威力は絶大であった。

「滑走路を確保！」

陸戦隊の指揮官は浅沼中佐に無線通信を入れる。現時点で滑走路は確保した。輸送機は再び着陸できる。

ほどなくして再び輸送隊が現れる。陸戦隊の増援を乗せている。さすがにこれ以上の無反動砲はないが、砲弾の補給は可能である。

米軍陣地はこの状況に大混乱に陥っていた。

外からも日本軍の猛攻がある中で、敵軍は輸送機で基地内部に展開し、火砲まで持ち込んでいる。

つまり、米軍は強力な陣地で日本軍を殲滅するどころか、外と内から挟撃されている。しかも内側の日本軍が輸送機で増援されたとなれば、自分たちに逃げ場はない。

最終的には増援が決め手になった。ニコルソン大佐は日本軍に対して投降した。

それにより戦闘は終わった。

ここに至るまでの幾多の将兵の流血に比して、それはあまりにもあっけない攻防戦の終わり方だった。

9

山田設営隊長は、完成したという道路を守口設営隊長に案内されていた。移動するのはあえて三輪自動貨車である。それでも良好に移動できることを示すためだ。山田隊長は重要人物なので警護の兵士もついているが、それもまた三輪自動貨車で移動している。

ソプタの基地とバークベースは直線ではそれほど離れていないため、三輪自動貨車での移動もそれほどの距離ではないのである。

「短期間で、よくここまで整備したな」

山田からそう言われて、守口は正直に言う。

「いえ、工事の大半は米軍が行ったものです。米軍の工作重機も確保しました。どうも空輸を前提としていたらしく、全部アルミで作られていました」

「アルミ製の建設重機か」

山田はその言葉に衝撃を受ける。

なるほど軽金属で建設重機を作るなら、輸送機でも運べるだろう。しかし、それを着想するのと現実に作り上げるのとでは話が違う。

日本は、まず重機を普及させるところから始めなければならないが、彼の国はアルミ製の重機を作り上げた。

技術力が単純に戦争の勝敗につながるとは限らないが、それでも技術力で劣勢な側が勝利するには、相応の工夫と努力が必要なのは明らかだ。

バークベースの戦闘でも勝敗につながったのは、作戦もさることながら無反動砲の存在が大きい。つまりは、技術が用兵側とどれだけ緊密に連携を取ることができるか？

本質はそこだろう。山田は、そう考えた。

それはそれとして、バークベースの確保によりニューギニア情勢は大きく変わった。日本軍は航空基地網をより重厚に整備することができるようになった。

このことの影響は、すでに現れている。航空戦力の充実でニューギニア島近海の制空権を確保したことで、船舶の安全が確保され、補給物資が円滑にニューギニアに届くようになっていた。

機械類についても大規模な修理廠が稼働し始め、補給面では寄与していた。現地で修理可能なら、兵站（へいたん）の負担は大きく減少するからだ。

じっさい海軍設営隊の中には、特殊編制として都市の建設に着手した部隊があった。基地ではなく都市であり、邦人の入植を考慮していた。

農業・工業の生産基盤を構築することで、ニューギニア戦線の安定化を意図したものだ。

「都市まで建設するとなると、ポートモレスビーの攻略が、より重要になるな」

「すでに航空隊によるポートモレスビーの海上輸送路の攻撃作戦が展開しているそうです。さすがにそれですぐに降伏はしないでしょうが、聞いた話では、ポートモレスビーの攻略は当面はしないとか」

「らしいな」

山田は答える。それは設営隊の運営全体を統括する立場の彼も仕事がら聞いていたことだ。

話そのものは単純なことだ。

海軍としては米豪遮断こそが目的で、ポートモレスビーはそのための障害である。ただし、占領するには多大な兵力が必要になるが、無力化するだけなら、より少ない兵力で可能だ。

結局、いままでポートモレスビーを占領しようとしていたのは、逆説的な話になるが、ニューギニアの日本軍が脆弱（ぜいじゃく）であったためだ。だから、海上輸送路の攻撃などができなかった。それができないから占領しかない。

しかし、いまは十分な基地建設が進んだため、ポートモレスビーの無力化という選択肢が可能となる。なので当面は、現状のままで進むらしい。

「ニューギニアは本州と大差ない面積がある。ここに都市が建設されたら、軍事的な問題だけでなく、日本の土地問題も解決するかもしれんな」

山田はそんなことを言ってみるが、半分は本気だ。

ニューギニアが処女地として開墾できるなら、大陸での戦闘に関しても選択肢は増えるだろう。

「要するにだ。土木技術とは、処女地に付加価値をつける行為とも言える。無意味な土地を土木技術が戦略的要衝に変えるのだよ」

第4章　封鎖作戦

1

米太平洋艦隊所属の潜水艦ナワールは夜の珊瑚海を進んでいた。彼らの任務はポートモレスビーへの補給と、可能であれば日本軍輸送船の攻撃であった。

ただ、攻撃についてはあまり熱心ではない。それはナワールが攻撃できるような状況ではないためだ。船体には比重を海水に合わせた耐圧コンテナが左右両舷に結合されていた。

このコンテナで二〇〇トンの物資が輸送できるが、おかげで運動性能は著しく低下している。だから、攻撃というのはあまり現実的ではない。

彼らがこうした活動をするのは、日本軍による交通破壊戦が激化しているためだ。特に深刻なのは航空攻撃による損失だ。

昼間にポートモレスビーに向かう輸送船舶は、必ずと言ってよいほど日本軍の航空攻撃にさらされ、沈められていた。

それも単純に航空攻撃だけではなく、偵察機が飛んできてから潜水艦に撃沈されることもあった。

日本軍の動向そのものは、それほどの大部隊を投入しているようではないのだが、ポートモレスビーへの海上輸送は寸断されているも同然だった。

この状況で連合国も、ポートモレスビーが補給という点で厄介な問題を抱えていることに気がついた。

確かに重要な軍事拠点であるのは間違いないが、港湾能力がそれほど高いわけではない。発電所も水道もある文明世界ではあるが、ポートモレスビーそのものは小さな都市だ。

だから輸送のために大規模な船団を編成しても、揚陸できる物量には限度があった。したがって、港内に多数の船舶が到着しても、使える物資は揚陸できた分だけということになる。

じっさい三〇隻の船団で、ポートモレスビーへの補給作戦を実行したことがあった。この時は船団の効果で潜水艦による被害は一隻だけにとどまった。

多くの関係者が輸送作戦は成功と考えたが、大間違いだった。入港して揚陸作業を行っている最中に、日本軍機による大空襲が行われたのである。

狭い湾内であるのと、罐(かま)の火を落としていた船が多く、ほとんどの貨物船が浮かぶ標的として爆弾を受け続けた。

それでもディーゼル推進船舶もあり、それらは脱出を試みた。ところが港外に出たところで、それらの船舶も爆発する。

なんと船団は日本軍の潜水艦に追跡されており、それらはポートモレスビーに機雷を敷設していたのだ。

結果的に、脱出を試みた船舶のために港湾は封鎖された形となり、船団の船舶は護衛艦艇も含めて全滅した。

ポートモレスビーにとっては最悪の補給作戦となった。船舶を失い物資補給ができなかったこともさることながら、物資不足で港内の残骸撤去がほぼできないため、一度に収容できる船舶の数が激減したのだ。

手持ちの機材で移動できた残骸はわずかであり、収容可能な船舶は二隻にとどまる。

つまり、ポートモレスビーへの補給作戦は、独航船をゲリラ的に送りつけるような方法しか残されていない。

　そういう状況なので、二〇〇トン程度の潜水艦輸送も決して侮れないのである。

　実際、ナワールの輸送作戦にはほかの意味がある。彼らには潜水艦という特性を活かし、ポートモレスビーの湾内の沈没船を除去するという任務があった。

　きれいなサルベージなどは期待していない。邪魔な船を爆破して航路を開くのだ。必要なら雷撃を仕掛ける。そうした役割を彼らは期待されていた。

「日本軍は仕掛けてくるでしょうか」

　先任将校が発令所で艦長に尋ねる。

　ナワールは比較的古い潜水艦であるため、レーダーは搭載されていない。そこで見張員だけが頼りだった。

　ただ深夜であり、敵航空機の攻撃はないと思われていた。昼間は潜航していて航行は夜だけだ。

「わからんが、今夜は来ないんじゃないか」

　艦長は言う。

「来ませんか？」

「日本軍の飛行機が飛ぶなら、ポートモレスビーのレーダーが捕捉するはずだ。しかし、そんな報告はない。迂回しての哨戒をするとしても、この位置では偵察機の燃料がもつまい」

「なるほど」

もっとも艦長は、その推測がどこまで正しいか自信はない。なぜなら、この海域でも襲撃される輸送艦船もあったからだ。

どうやって襲撃されたのかははっきりしない。潜水艦と思われるが、航空機を目撃したという話もある。

あいにくとナワールには、まだレーダーは装備されていない。それだけに航空攻撃は大きな脅威である。それは同時に、敵機が活動しないであろう深夜は安心できるということだ。

水上艦艇なら、通常の見張りでも対処できる。日本軍のレーダーは性能が低いので、潜水艦のような小さな物体は捕捉できないとも聞いていた。

それは噂ではあったが、信頼性は高いと艦長は思っていた。

だが突然、彼らの周囲が明るく照らされる。

「なんだ！」

「あれです！」

見張員が叫ぶ。そこには照明弾を投下した偵察機の姿があった。

「攻撃してくるのか！」

機銃に飛びつく水兵たちは、すぐにその飛行機の動きに違和感を覚えた。それは水上機であり、どう考えても自分たちを攻撃するようには見えない。

「これから敵がやってくるのか？」

ナワールの将兵がそんな不安にかられていた時、突如、船体が激しい衝撃に見舞われた。

「浸水！　浸水！」

何が起きたのか、乗員たちにはわらなかった。

突然の爆発と衝撃。気がつくと、ナワールの艦内は大量に浸水している。

それが雷撃と気がついた時には、ナワールはもはや浮上することなどできない段階にきていた。

そしてナワールは沈没した。偵察機に誘導され、ナワールを標的とした日本海軍潜水艦によって。

「状況を分析すると、日本軍はポートモレスビーを占領する意図はないのではないかと考えられます」

米太平洋艦隊司令部で、レイトン情報参謀はニミッツ司令長官にそう説明した。

レイトンの分析にスミス参謀長をはじめとして、多くの司令部幕僚が明らかに信じがたいという表情を浮かべている。ニミッツ司令長官でさえ、不信感を隠さない。

ただレイトンだけは、そうした反応を予測していたのか落ち着いている。

「これだけ攻撃を続けているというのに、なぜ占領意図がないと言えるのか？」

「簡単に言えば、その必要が日本軍にはないからです」

「日本軍がポートモレスビーを必要としていないと言うのか？　しかし、彼らはニューギニアの要衝を占領しているではないか」

ニミッツの指摘に幕僚らもうなずく。だが、レイトンは動じない。

「日本軍の目的はニューギニアの占領にはありません。米豪遮断によるオーストラリアの脱落と、それに伴う太平洋艦隊の行動の抑制にあります。

しかし日本の国力を考えるなら、ポートモレスビー攻略のために必要以上の戦力を割くわけにはいかない。そもそもポートモレスビー攻略は米豪遮断成功のための手段の一つであり、目的ではない。

ならばポートモレスビーを無力化できるなら、彼らにとってはそれで十分なのです」

「ポートモレスビーの無力化か……」

ニミッツにはそうした視点はなかった。ただし、だからと言って納得できるものでもない。

「ポートモレスビー攻略が目的ではないというのに、なぜ日本軍はニューギニアを占領し続けるのか」

「逆です。日本軍はニューギニアに地歩を築くことに成功したため、ポートモレスビーを無力化することが可能となったのです。

安定した拠点があればこそ、腰を据えた海上封鎖ができる。当初、日本軍がポートモレスビーの直接占領に固執したのは、ほかに手段がないからなのです」

「ならば、ブナやほかの地点の日本軍を攻撃すればいいのか」

それに対してレイトンは言葉を選びながら反論する。

「確かに、ニューギニア島から日本軍を駆逐すれば、ポートモレスビーの安全は確保できます。

しかし、日本軍が多数の航空基地を建設してしまった現状では、それらの攻略は少なくない犠牲を覚悟しなければなりません。戦艦や空母の喪失は覚悟しなければならないでしょう」

そのレイトンの意見に、場の空気は沈痛なものとなる。結局、妙案はないということではないのか。

「分析はわかったが、君からの提案はないのか」

「一つあります」

レイトンの発言に、周囲はあまり興味を示さなかった。この状況で妙案があるとは思えないからだ。

「原則は簡単です。日本軍がニューギニアに兵力を投入できない状態を作り出すことです。

彼らには多方面に兵力を派遣するだけの力はない。重要拠点を攻撃されたら、彼らはそちらに戦力を向けねばなりません。そうすれば、ニューギニアの圧力は軽減できます。ポートモレスビーは救われる」

その提案に司令部の空気は変わった。むしろ、そんな単純な話にどうしていままで気がつかなかったのか、それが不思議なほどだった。

「それで、どこを攻撃する？　ラバウルか」

そう尋ねるニミッツにレイトンは言う。

「ラバウルは適当な場所ではないでしょう」

「なら、どこだ？」

「ガダルカナル島などが適当かと」

3

連合艦隊唯一の空母機動部隊である第三艦隊司令部は、何度かの移動を繰り返しながら、いまはトラック島に司令部を置いていた。

連合艦隊旗艦の武蔵がここにあり、作戦を進める上で、都合がよかったためであろう。

井上長官は空母の脆弱性(ぜいじゃくせい)をかねてより懸念しており、それが彼が陸上基地に傾注する理由でもあった。

彼の懸念はミッドウェー海戦で現実となった。そして、井上成美中将が第三艦隊司令長官となった。航空本部長の経験を買われてである。

そうなると、井上も「空母は脆弱」とばかりは言っていられない。ともかく空母瑞鶴（ずいかく）、翔鶴（しょうかく）、飛龍（ひりゅう）、瑞鳳（ずいほう）、飛鷹（ひよう）、隼鷹（じゅんよう）の六隻は重要な航空戦力であり、これ以上の損失は容認しがたい。

それにミッドウェー海戦の分析により、井上自身の考えも変わってきた。

空母は脆弱だと放置するのではなく、脆弱でない存在にすればいい。

日本海軍ではすでに装甲空母を建造していたが、当面の戦力にはなりそうもない。そもそも戦艦でさえ空母部隊に沈められる状況で、装甲空母は井上が求めている解答ではなかった。

井上は、ミッドウェー海戦で三隻が沈み、飛龍だけが残った違いを重視した。

そこで、彼は造船官や帝大の科学者にも声をかけて、問題を割り出させた。

その作業は第三艦隊編制時から始まっていた。そして、問題は二つに分けられることがわかった。

一つは、被弾した空母そのものの生存性だった。当初はこれが作業の中心だった。

問題は色々あった。火災時の消火装置や艦内の情報伝達などである。また、塗料や電線が燃えるなど、予想外の事実も明らかになった。

対策は早々に行われた。消火装置には発泡式の新型のものが導入されたほか、独立したエンジンを持つ消火ポンプも各部に配置され、停電でも対処できるように工夫された。

このポンプは独立したディーゼルエンジンにより発電能力も持ち、周辺に照明用の電力なども提供できるようになっていた。

問題は耐熱性塗料と電線だった。残念ながら、国産で海軍の条件を満たすものはなかった。だが、これは意外な形で解決する。

具体的に誰がどのような手管（てくだ）で手に入れたかはわからないが、陸軍の息がかかった昭和通商という商社が必要量を確保したという。

第三艦隊司令長官として井上長官も確保された物資の実物を確認したが、物資そのものはイギリス製だった。ただし、よく見ればそれは対英支援物資で本当の生産国はアメリカである。

そして梱包はといえば、キリル文字で表記されている。どうやら色々と訳ありの物資をソ連から確保したものと思われた。

とりあえず六隻の空母の改修に必要な分は確保したが、いつまでもソ連経由で入手することなど現実的ではなく、この塗料を分析し、早急な国産化が求められた。

それでもこうした作業を進めたことで、空母の脆弱性は著しく改善された。

そしてもう一つの対策が、個々の空母ではなく艦隊として空母をいかに防衛するかという問題であり、数学者などが活躍したのは主にこちらだ。

敵機の爆撃や雷撃の運動から、何をどうすれば確率的に敵へのダメージを最大にできるか?

こうした中で明らかになったのは、日本海軍艦艇の対空火器の欠陥だった。

大きなものでは、駆逐艦の対空火器の問題があった。水雷戦隊の戦力として錬成されていた日本海軍の駆逐艦は、主砲も平射での性能が重視され、対空戦闘は余技的な扱いであった。

大きな問題は、火砲というより照準器にあった。というより、駆逐艦の照準器は対空戦闘を想定していないに等しかった。

海軍ではすでに防空艦という駆逐艦が建造されていたが、急場には間に合わない。

そこで、航空戦隊に付属する旧式駆逐艦の主砲を高角砲に換装し、照準器もそれに合わせることになった。

水雷戦隊の主力駆逐艦を改造することには抵抗が強かったため、旧式駆逐艦となったのだ。これに伴い防空艦の構想も生まれたが、当面は旧式駆逐艦で対処する。ただし、航空戦隊の固有の旧式駆逐艦は二隻から三隻であり、空母を守るにはあまりにも少ない。そこで白羽の矢が立ったのは、電撃設営隊に活用された高速艇だった。

高速艇の船型は高速性能を意図して作られていた。機関部はターボエレクトリック方式だったが、量産型は生産性を重視して、若干の改良によりディーゼル推進に替えられていた。

もともと物資輸送を意図していたため、高角砲や機銃を装備する余裕があった。高速艇は艦首ではなく艦中央から艦尾にかけて、揚陸作業用の広い作業スペースが用意されていたが、対空火器はすべてその甲板に配置された。

デザイン的には艦中央から艦尾にかけて武装が集中する形はアンバランスに見えたが、必要条件は満たしていた。旧式駆逐艦を改造するよりは、ずっと楽であったことも大きい。

高速艇は最高速力が二四ノット程度だが、ミッドウェー海戦の分析で明らかになったのは、空母は三〇ノット以上出せるとしても、それだけの高速を出すことは稀で、ほぼ二四ノットの船舶での護衛で問題はないということだった。

じっさいは、護衛艦艇仕様に改造した高速艇は二六ノットまで出せるようになっていた。軽量化の恩恵が大きかったためだ。

量産性を優先して船体も直線基調であり、武装はかたよった配置であるなど、海軍艦艇としては不格好とも言われたが、井上にとっては重要な戦力だ。格好で戦争をするのではない。

数学者たちによる分析で、もう一つ明らかになったは機銃の問題だった。高角砲と二五ミリ機銃の間を埋める対空火器がない。このことが艦隊防空での弱点という結論が出た。

とは言え、高角砲と二五ミリ機銃の間を埋める対空火器があるわけではない。陸軍が中国軍から鹵獲(ろかく)して国産化を進めている三七ミリ機関砲はあるが、それとて艦隊に普及させることはおいそれとはできない。

なので、当面は二五ミリ機銃でしのぐしかなかった。さすがに現状でもまったくお手上げというわけではないのだ。

そこで、二五ミリ機銃についても照準器の改造が行われた。

近距離の対空火器では時間が重要で、精度を求めて照準に時間がかかるようでは、結局、敵機を撃墜できる確率は減少するという計算結果になったためだ。

そこで、射手一人でも照準できる程度の簡便な装置が作られた。

高角砲から漏れた敵機をすべて引き受けるということで、機銃に関しては高角砲以上に改良が行われた。

それは、機銃そのものではなく架台である。照準器も機銃そのものもジャイロと連動したプラットホームに載せられ、艦の動揺にかかわらず、常に水平を維持するようにされたのである。

つまり、照準器を簡便にするため、架台に水平機構を織り込んだわけである。

この架台は「船酔いする」という船乗りらしからぬ不評も一部にはあったが、命中精度は著しく向上した。水平を維持できたことは、それほど命中精度に寄与した。

対空機銃の命中率向上にともない、高角砲から機銃の守備範囲は強化されたが、数学的にさらに改善が指示された。

それは戦闘機による防衛圏の設定だった。つまり、敵機が一〇〇やってきたとして、迎撃戦闘機により何機を無力化――無力化は必ずしも撃墜を意味しない――できるかで、対空火器の負荷は変わる。

六〇より五〇、五〇より四〇まで減らせることで、対空火器による防御力の余裕につながるわけだ。このあたりは零戦の強さを最大限に艦隊防衛に活かすということでもあった。

井上司令長官は、こうした分析は幕僚らに任せていたが、ある問題については、自分が海軍省や軍令部にかけ合う必要があることを認めていた。

それは編制と指揮権についてであった。空母一隻に改造駆逐艦二隻と高速艇六隻の八隻が付属することになったが、問題は指揮である。

護衛に関していえば、空母の艦長が八隻の護衛戦力を一元管理するのが望ましい。八隻は空母を守るために存在していることを考えればそうなる。

だが空母の艦長は海軍大佐であり、大佐が空母と護衛艦艇全体の指揮を掌握することには、海軍省人事局などから反対が強かった。

ほかの軍艦の艦長にはそうした権限はないのに、空母の艦長にだけそうした権限を与えるのはほかの軍艦との関係でつりあいがとれないというわけだ。

また、水雷戦隊の駆逐隊が駆逐艦四隻で駆逐隊長が大佐なのと比較しても、旧式駆逐艦を含む護衛艦艇八隻が空母の艦長の傘下に入ることはバランスを欠くとの認識が、彼らにはあった。

人事局としては、人員の異動はもっと楽に行いたい。日本にはない准将という階級を置いて、空母の艦長を准将とするという案もあったが、これもほかの軍艦との関係で否定的な意見が大勢を占めた。

根本的な問題として、海軍将校の絶対的な不足問題があった。井上としてはそれを踏まえて准将の導入なども提案したのだが、海軍省人事局はそうした人事制度に大きな変化を強いるような改革には非常に消極的だった。

結果としてまとまったのは妥協の産物だった。二隻の空母を一六隻の護衛艦艇で防衛することで、航空戦隊司令官が全部隊を掌握するというものだ。

なので一六隻の護衛艦艇は護衛隊となり、大佐の職として護衛隊司令を置くこととするが、航空戦隊司令官が護衛隊司令の職務を兼任するとなった。

つまり、存在しない護衛隊司令という職を設けることで、海軍省人事局は人事の継続性を、井上司令長官は空母防衛の実利をとったことになる。

このことで、航空戦隊は二隻の空母を一六隻の護衛隊により一つの円陣で守るか、あるいは空母一隻を八隻の護衛艦艇で守るか、いずれかの方策を選択できた。

こうしている間にニューギニア方面の敵軍の動きが激しくなり、第三艦隊の出動は現実問題となることが予想された。

そのため訓練も熱を帯びたが、艦隊防空の訓練では問題も生じた。

空母には電探が搭載されていたが、この電探が敵役の航空隊を早期に発見できても、それが護衛隊や戦闘機隊にうまく伝達できず、電探が敵役の動きに対して適切な指示が出せないでいた。

航空無線機の信頼性は向上していたが、問題は情報の流れをどうするかということだ。

最終的に航空戦隊旗艦に電探の情報を分析し、艦艇部隊や迎撃戦闘機隊に指示を出す専属班を編成することとなった。

このシステムは成功した。それまでは陽動部隊にひっかかり、艦隊への接近を許してきた空母部隊も、陽動部隊か本隊かを識別し、適切な采配が振るえるようになった。

しかし、ニューギニアのバークベースは占領され、第三艦隊が出動する機会は当面なくなった。

第三艦隊は一度ラバウルに前進していたが、状況の変化からトラック島へと帰還する。そして、そんな井上を山本が待っていた。

「この戦争に勝つには常に攻勢を続け、敵の要地を攻撃し、戦場のイニシアチブを確保しなければならん」

旗艦になったばかりの戦艦武蔵の長官室で、井上司令長官は山本と向き合っていた。

山本の話は井上にとって、それほど驚くようなものではなかった。それは山本の持論だからだ。井上も何度も耳にしている。

「ポートモレスビーを攻撃でもしますか」

井上のその発言は冗談のつもりだった。ポートモレスビーの占領は行わないというのは、先日の会議でも決まったことだ。

あくまでも交通破壊戦で衰弱させる。それが連合艦隊の決定である。

「そう、ポートモレスビーを攻撃する」

山本の言葉に、コーヒーを飲みかけていた井上の手がとまる。

「なぜです？」

井上の「なぜ」は、ポートモレスビーを攻撃する理由ではなかった。占領を行わない都市と決定したことを、どうしてまた白紙に戻すのかという意味である。

山本は井上の疑問を的確に理解していた。

「占領は行わんよ。そう決めたではないか」

「つまり、攻撃のための攻撃と」

それで井上にも見えてきた。

山本は弱ったポートモレスビーを攻撃することで、米海軍に攻略を行うと思わせ、敵艦隊を誘い出そうとしているのだ。

ただ、井上には既視感があった。それはミッドウェー海戦でも行われたことではなかったか？

「ミッドウェー海戦とは違う」

井上の考えを読んだかのように山本は言う。もっとも、この状況でミッドウェー海戦のことを思い出さないほうがむしろ不思議だ。

「上から下まで関係者には、これが敵艦隊をおびき寄せるための作戦であることを周知徹底するとともに、作戦目的の秘密管理は従前以上に厳格にする」

「なるほど」

やはり山本五十六という人も失敗から学んでいたのだ。井上はそれを感じた。当たり前のようだが、これを実行できるかどうかは重要なことだ。

「第三艦隊からは第三航空戦隊の飛鷹、隼鷹を投入する」

「空母二隻ですか」

「さすがに六隻投入しては敵も現れまい。商船改造空母の飛鷹、隼鷹の二隻なら、撃沈すれば日本海軍への大きな痛手となり、なおかつ米海軍の戦力でも撃沈可能……と思ってもらいたいものだ」

「それで、現れた敵に対して陸上基地隊も呼応すると」

「さすが井上さんは話が早い」

山本は上機嫌だったが、井上にはなお懸念があった。

「陸上基地の脅威は、米太平洋艦隊も理解しているのでは。そもそも、それがあるからこそポートモレスビーの交通破壊戦は成功しているのではありませんか」

「そこだ。だから敵をおびき寄せるには、もう一つの工夫が必要だ」

「具体的には？」

「二戦隊を使う。伊勢、日向にポートモレスビーを攻撃させ、三航戦はその背後に控える。敵も基地航空隊の動きは読めるとしても、空母部隊の動きまでは読めまい。敵機が二戦隊を襲った時、空母部隊が伏兵として敵を屠（ほふ）るのだ」

「なかなかの戦力ですな」

そこで山本は第四艦隊所属の二戦隊を、この作戦に限り第三艦隊に編組すると言う。井上の采配で戦艦二隻も使えるというのだ。

「二戦隊が高須さんの四艦隊所属であることは敵もわかっている。だから二戦隊の活動で、自動的に空母の存在は忘れられる。むろん情報管理を徹底する前提でだがな」

そして山本は続ける。

「三航戦だけを投入するのは、もう一つ目的がある」

「と申しますと？」

「井上さんが研究していた艦隊防空だ。あれがどれだけ有効か、実戦で確かめねばなるまい。

伊勢、日向にはドイツの二〇ミリ四連機関砲が装備されている。例の水平架台も伊勢、日向には装備した。必要なら艦隊防衛に加えてもいい」

山本によると、もともと陸軍から調達した四連機銃だが、伊勢、日向は二五ミリ機銃ではなく、国産化したものも含め、すべての対空機銃を二〇ミリ四連に換装したという。これは銃弾補給の関係からだ。

国産化に際しては、第三艦隊の水平銃架の開発も進んでいたこともあり、オリジナルの四連機銃にはない動力銃架として、高速の旋回が可能で敵機の追躡も余裕を持ってできるようになっていた。

これは戦艦搭載という条件が大きくものを言った。また国産化に際しては、弾倉式ではなくベルト給弾式への改造も行われたという。

装置はかなり大げさになり、汎用性は失われたが、戦艦の搭載火器としてはさほど問題にはならない。

「なるほど。三艦隊がどれだけ使えるか、確かめないわけにはまいりませんな」

4

山本との会見から数日後。

井上成美第三艦隊司令長官は、将旗を戦艦伊勢に掲げていた。第四艦隊にはほかに有力艦艇がないため、護衛は対空火器で武装した高速艇一六隻であった。

これは対空火器と護衛陣形の確認という意味がある。護衛艦艇については、とりあえず二航戦のそれを転用した。

じつを言えば、高速艇は電撃設営隊用のものより、汎用的な輸送艦が量産されていた。つぶしがきくからだが、それを護衛艦にすることがすでに進められていた。

当初の目的は、主として南方の資源地帯からの船団輸送目的である。しかし、それを空母部隊用に改修した護衛艦がすでに量産に入っていた。船団護衛でも対空戦闘は重要だからだ。

そのため護衛艦に対する教育も着手され始めた。だから二航戦の護衛艦艇一六隻の移動に呼応するように、日本からさらに一六隻が送られていた。

この一六隻も錬成し、ほかの空母部隊の増設などに備えるためだ。それらは小型空母になるわけだが、だからこそ防御力が弱い分、護衛部隊の実力が重要になるのであった。


「そろそろ航空隊がやってくるはずだが」

井上が艦橋の時計を見ると、電探室から航空隊発見の報告がなされる。

井上は、すぐに艦橋近くに増設された作戦室に向かった。

そこは当初、電探室と呼ばれていたが、井上はそこに作戦幕僚らを集めることにした。電探室の中央には将棋のような模型があり、それが部隊の動きを表す。

敵がどう動いて、味方がどうなっているか。その情報をこの模型で整理し、航空隊なり護衛艦艇に指示を出すのだ。

当初は「馬鹿にするな」という意見もあったが、わかりやすいという意見もあった。そこで、作戦前に実際に演習を行うことになったのだ。

ただし航空隊は三航戦ではなく、占領したばかりのバークベースから行われる。空母の存在は秘匿したままだからだ。

また、バークベースはポートモレスビーに比較的近いため、ここでの部隊の動きは必ず敵の関心を引くはずという読みもある。

ともかく戦闘機隊は接近してきた。現実に二戦隊を攻撃するのが目的ではないかなら、それでいい。

本来なら空母航空隊が迎撃機を出すわけだが、空母ではないので弾着観測機を代わりに飛ばした。電探で敵味方の識別が可能かを確認するためだ。

観測機は四機だが、一機だけ敵味方識別装置を搭載していた。これは電探の電波を受けたら、独特の棘波を送り返すという装置である。

これ自体が試験段階だが、電探の運用面で効果が期待されていた。

じっさい迎撃機の動きは、完全ではないがある程度は把握できた。迎撃機はまっすぐに接近中の航空隊に向かっている。

だが電探側との無線通信の中で、弾着観測機は経路を大きく逸れ始めた。

その理由はすぐにわかった。どうやら観測機は接近中の航空隊に対して、後方から食らいつくつもりらしい。

攻撃隊は自分たちの位置関係を知らないが、観測機は攻撃隊の位置も把握している。その状況で仕掛けてみたのだろう。

しばらくは現場で何が起きているか、電探でも把握できなかった。だが攻撃隊より、撃墜との報告が届く。

もちろん、撃墜された飛行機などいない。ただ攻撃隊の戦闘機の一機がつけている吹き流しが銃撃されたというわけだ。

零式観測機は戦闘機並みの運動性能を持っているとはいえ、戦闘機隊への奇襲が成功するというのは快挙である。実戦では戦闘機が攻撃機を撃墜するような状況だ。

「電探で、すぐに空戦の状況がわからないのはなぜか?」

井上は電探の故障に備えて待機している技術者に尋ねる。技研から派遣されている技術者は、司令長官相手に緊張した面持ちで、言葉を選ぶように答える。

「電探の画面で計測できるのは距離だけです。方向はアンテナの向きで計測する必要があります。

目を閉じて棒を振り回すことを想像してください。棒に手応えがあれば、当たった長さと方向に敵がいることがわかりますが、周囲全体を知ることはできません」

素人にもわかるようにとの配慮だろうが、井上にはむしろ疑問が増えた。

「それは棒を一本しか振り回さないからだろう。何本も振り回せば、周囲のことはわかるんじゃないか」

それを聞いた技術者は明らかに動きがとまった。そんな発想はなかったからだろう。「あー」とか「うー」とか言うばかりだ。

「それは気がつきませんでしたが……あぁ、確かにやればできるか……」

技術者は何か思いついたらしい。

「方法はあるかもしれません。ただ、いまここでそれを実現するのは無理です。残念ながら」

「まぁ、目処がたつならそれでいい。帰国したら早期の実現を目指してくれ」

井上としても、自分の思いつきがこの場ですぐ実現するとは考えていない。作戦中に新兵器開発が可能と思うほど彼も世間知らずではないのだ。

演習はその間も進んでいた。攻撃隊がどこからやってくるかは、すでに電探でわかっていた。それは攻撃隊も理解しているようで、彼らは二手に分かれた。

どうやら陽動部隊と本隊に分け、陽動部隊に火力が向いている間に本隊が強襲するという作戦らしい。

井上はそうやって敵航空隊の意図を読み取る電探の力に感銘を受けるとともに、

なんの打ち合わせもなく、そうした判断を現場でできる将兵の才覚にも感動した。

一方で、それは井上に指揮官としての責任を痛感させる事実でもあった。軍人であるから命の危険は避けられないものとしても、指揮官である自分は、彼らをそれ以外のつまらぬ理由で戦死させるわけにはいかないのだ。

観測機は呼び戻され、次の段階に入る。まず陽動部隊に観測機をぶつけることで、敵の作戦に自分たちが引っかかったと思わせる。

そして、一六隻の護衛艦艇と戦艦の対空火器は本隊がやって来る方角に集中する。そうしたなかで本隊の戦闘機隊がやってくる。

発砲はしないが高角砲が火を噴き、さらに機銃が吠える。

このあたりの命中率は実弾ではないのではっきりしなかったが、数時間後に電探の計測結果から、かなりの効果を発揮したものと判定された。

距離が正確で火力密度が高いから、あとは確率の問題ということだ。

総じて演習の結果は満足のいくものだった。ただ新機軸であるために、いくつかの課題も見えてきた。

それらは現状で改善できるものは改善していくしかない。なにより実戦の洗礼を受けていないだけに、未知数の部分はどうしても残る。

　こうして第二戦隊は三航戦を背後にしたがえ、南下を続けた。

5

「可能な限り敵軍を警戒させよ、か」

　スプルーアンス司令官は空母ホーネットを旗艦として、珊瑚海方面を北上していた。目指すのはガダルカナル島だが、ラビ方面の日本軍基地を奇襲し、敵を牽制することが求められた。

　そのために彼の部隊は精鋭チームが養成されていた。一五機のチームで、Ｆ４Ｆ戦闘機が五機にＳＢＤ急降下爆撃機が一〇機である。

　この一五機は夜襲部隊であった。夜間航法に高い技量を持った将兵で編成したチームである。彼らが深夜にラビを奇襲する。

　もちろん当日の天候にもよるが、支援部隊としての潜水艦も用意されていた。それらが定時になったら電波を送信することで、機体の位置を計測できる。

　潜水艦も相応の危険を伴うが、それでもラビ周辺海域で潜水艦を襲撃するような日本船舶はないと思われた。

一〇機の爆撃機でラビを襲撃したところで、軍事的な意味はほとんどない。下手をすればこれが陽動と気づかれ、本来の作戦が頓挫しかねない。

だからこの夜襲計画は練られていた。標的が絞られているためだ。

それはラビにある日本軍のレーダー局だ。日本軍がラビにレーダー局を設置していることは、すでに明らかになっている。

正直、このレーダー局は連合国にとって、さほど脅威ではない。ラビの基地化が頓挫したいまとなっては、ラビそのものが重要性を減らしている。

対する日本軍にとっては、ラビの基地もレーダー局も、ポートモレスビーからの攻撃を早期に察知するという点で重要な意味があった。

したがって、ここを攻撃することは、日本軍にとってポートモレスビーからの攻撃準備と解釈されよう。ラビが攻撃され、ブナかどこかが攻撃されれば、日本軍もしばらくはニューギニア周辺からは動けまい。

そのチャンスにガダルカナル島を襲撃し、占領する。すべては電撃的な攻撃が可能かどうかにかかっている。

そのためには、このラビの夜間奇襲が重要だ。日本軍の目をニューギニアに向ける先陣となるからだ。

「周辺海域に敵影なし。出撃時間です」

参謀からの報告に、スプルーアンス司令官は夜襲隊への出撃を命じた。

夜襲隊の隊長機はSBD急降下爆撃機であった。航法は航法員でもある彼が行う。幸いにも天候は悪くなく、雲量はそこそこあるが、天測に支障はない。ラビまでは順調に飛んでいくだろう。

問題はその先だ。夜襲隊は日本軍のレーダーの存在はわかっていたが、基地の詳細は不明であった。ただ、連合軍側もラビに基地建設を試みていたので、基地の概要は推測できた。

なので、攻撃隊はその推測の中で行動しなければならない。そのため搭載爆弾も小型のものを多数携行し、爆弾の数で勝負する。

そもそも陽動作戦なのだから、完璧な破壊は必ずしも期待してはいない。破壊できれば上出来というレベルだ。

ただし、陽動と疑われない程度の成果はあげねばならない。そのため夜襲隊は敵のレーダーに捕捉されないよう、かなりの低空を飛んでいる。日本軍にとってはいきなり攻撃隊が現れたように見えるだろう。

これは重要なことである。空母航空隊であることが敵にわかっては困るのだ。だから、どこからともなく現れる必要がある。

そのために低空を飛ぶわけだが、夜間の低空飛行はかなりの危険を伴った。夜間飛行では見当識を失うことも稀ではない。

自分がいつの間にか反転していることに気がつかず、上昇するつもりで海面に激突するようなことさえ起こるのだ。

だから隊長機だけには、電波高度計が装備されていた。一種のレーダーであり、これで海面に激突するようなことは避けられる。

ただ、編隊の各機の位置関係を把握しないと、思わぬ犠牲が出ないとも限らない。そこは神経を集中させるべき場面だ。無線通信は封鎖中なのだ。

それでも翼端灯で、全機が安定した飛行をしていることを隊長は確認できた。

「攻撃準備、上昇せよ！」

隊長は信号弾を打ちあげる。敵に気取られる可能性はなくもないが、距離を考えればそれで敵襲とは思うまい。そしてこの距離では、レーダーは航空隊とノイズを識別できないだろう。

上昇し、ラビの敵軍基地に向かう。そこは航空隊基地となる予定だったらしい。

しかし、滑走路はできても航空機の配備は、まだのようだ。

ポートモレスビーのレーダーは、一度もラビで飛行機が離発着する様子を確認していない。

さすがにラビの基地は灯火管制を行っていた。それでも基地の輪郭はわかる。滑走路が一つあり、その周辺に支援施設が並ぶ。

そして、その中に大きな鉄塔が見えた。たぶんあれがレーダーだろう。

夜襲隊の隊長は無線封鎖を解除し、滑走路近くの鉄塔破壊を命じた。あの周辺に爆撃を繰り返せば、レーダーは完全に破壊されるに違いない。

日本軍の動きは見られなかったが、彼らが接近すると、やっとサイレンが鳴り、サーチライトが点灯される。

だが、対空火器の動きは鈍い。鈍いというより、対空火器の絶対数が足りないのだ。

高射砲は一門しか見えず、機銃が数丁見える程度だ。それは夜襲隊にとって、ほとんど脅威にもならない。

隊長が命じると、レーダーのアンテナらしい鉄塔めがけて次々と爆弾が投下される。

それからしばらく鉄塔の周辺は明るく照らされる。爆弾の炎のためだ。

「爆撃は成功した！」

隊長はそう打電した。

6

ラビが空襲されたという報告が、井上司令長官のもとに届いたのは朝のことだった。

ラビを空襲した部隊はどうやら電波探信儀を狙ったらしく、その施設は完全に破壊されたが、その巻き添えで無線設備も破壊されたのだ。

ラビの将兵はこのことを知らせるために、バイクで伝令を一番近い海軍施設に走らせた。哨戒艇が停泊する海岸である。

そこから哨戒艇の無線で緊急電を報告し、ラバウル経由で第三艦隊に届いたのである。

井上としては通信に時間がかかったことは遺憾に感じたものの、そもそも自分たちの活動が厳重な秘密の上に置かれている以上は、即時報告とはいかないことも理解していた。

井上がこの通信時間の遅れを重視するのは、ラビ攻撃の意味をどう解釈すべきかという問題があったためだ。

「素直に解釈すれば、ポートモレスビーが攻勢を計画しており、邪魔なラビの電探を沈黙させた、となる」

伊勢の作戦室で、井上はそう状況を分析する。それに異を唱える幕僚はいない。

「しかし、果たしてそう解釈してよいのか」

「と申しますと？」

参謀長が問いかけると井上は言う。

「一つに、我々は執拗にポートモレスビーに対して交通破壊戦を続け、それは効果をあげてきた。にもかかわらず、彼らに攻勢をかけるほどの余力があるか？　これがまず、疑問として残る」

一同はその言葉にざわめく。

「乾坤一擲（けんこんいってき）の大作戦では？」

一人の幕僚がそう述べたが、井上は首を振る。

「その可能性も否定はせん。しかし、乾坤一擲の大作戦にしては、ラビの電探基地を破壊するというのは消極的ではないか。

戦力で劣勢なら、彼らに残された戦術は奇襲しかない。しかしラビの攻撃は、それ自体は奇襲でも、全体の作戦計画は強襲になる。我々に攻勢近しと教えるようなものだからな」

全員が井上の続きを待っていた。

「疑問点その二は、どこを攻撃するのかという点だ。ラビ以外にも電探を装備した基地は、ニューギニアにはいくつもある。

いくつもの基地で同時に電探を破壊するというならまだしも、ラビだけ破壊しても意味はない。では、なぜラビが破壊されたのか？」

「攻勢が近いと思わせたいのでしょうか？」

参謀長の意見に井上はうなずく。

「敵がラビを攻撃したのは、ラビしか攻撃できなかったから、あるいはラビが一番近かったためだ。

ポートモレスビーの視点で考えるなら、いまこの時期に日本軍を刺激したいとは思うまい。にもかかわらず、あえて刺激してきたのはなぜか？」

「ポートモレスビーに注意を向けさせるため……ですか」

参謀長は、それでもどこか自信なさげだった。

ポートモレスビーに注意を向けさせたとして、では何をする？

「仮にポートモレスビーに注意を向けさせたいとして、当のポートモレスビーはどうか？　自分たちが疲弊している中で、さらに日本軍の直接攻撃にさらされることを彼らは容認するだろうか」

「認めんでしょうな、普通は」

「参謀長の言うとおりだ。普通は容認しない。それでもポートモレスビーが飲むとしたら、その可能性は一つ。日本軍の攻撃が短期間で終わるという信頼できる何かがあるからだ。

日本軍の攻勢が中断すると信用できるなら、彼らも一時的な攻勢にさらされることをあえて拒むまい」

「つまり、どういうことでしょう？」

「わからぬか、参謀長。敵は、我々がポートモレスビーに攻勢をかけることを望んでいる。正確には、そこに戦力を集中させたいのだ。

そして集中した頃、手薄になったどこかを攻撃するわけだ」

「だとすれば、長官！」

「あぁ、そうだ。本当の敵は、すでに動いている」

第5章　遭遇戦

1

　ラビへの夜襲は第三艦隊の井上司令長官を驚かせたものの、ポートモレスビー砲撃作戦の変更を決断させるには至らなかった。

　現時点で敵軍の状況がわからない以上、ラビへの攻撃がなんらかの牽制としても、作戦を中断する理由にはならないからだ。

　また井上としては、この状況でポートモレスビーを攻撃することで、なにがしかの策動をしている敵の企図を挫折させ、敵部隊を誘い出すことにつながると考えた。

　じっさい井上が指示したのは、ニューギニアの航空隊に警戒を強めるようにと命じるくらいだった。それとて、ポートモレスビーへの牽制攻撃を続ける計画の微調整に過ぎない。

「作戦計画を進めることで、ラビを攻撃した敵軍に、自分たちの作戦が成功したと思わせる効果も期待できそうだ」

井上司令長官はそう考え、短い命令を通信し、深夜まで無線封鎖を実行した。

「ニューギニアの部隊がポートモレスビーへの攻勢を強めています」

通信参謀の報告は、スプルーアンス司令官にはまさに朗報であった。

ラビへの攻撃を、彼らはポートモレスビーからの攻撃と考えている。だからこそ、彼らはポートモレスビーへ攻撃を仕掛けているのではないか。

「ただ、攻撃規模はそれほど大きくはありません。爆撃なども行われておりますが、戦力としては限定的な印象を受けるとのことです」

「限定的な攻撃との印象を受けるだと？」

「現地司令官の意見では、日本軍も攻勢限界にあるのではないかとのことです。反撃にしては投入戦力が限定的だとか」

結局のところ、それも現地司令官の主観でしかないわけだが、スプルーアンスには理にかなった話に思えた。

バークベースの攻防は激戦とはいえ、日本軍はニューギニアから出ているわけではない。ガダルカナル島からも前進してはおらず、ポートモレスビーにしても、いまだ占領されてはいない。

もちろん連合国側も、日本軍をニューギニアから駆逐していないのではあるが、日本軍の前進は止めていると考えてもいいだろう。

そういう情勢では、ラビの報復が限定的でも不思議はない。

「しかし限定的な攻撃とはいえ、ポートモレスビーは日本軍の攻勢に耐えられるのか」

「攻勢が限定的ゆえに損失も予想より軽微であるとか。彼らも、この作戦のために準備はしています。短期間であれば耐えられるとのことです」

スプルーアンスは、ポートモレスビーの持久力にはいささか懸念を持っていたが、現地司令官が大丈夫と言うなら信じるよりない。

「ガダルカナル島に向かうか」

こうして空母二隻の部隊は、ゆっくりとガダルカナル島へと向かった。時間調整のためである。

彼は緊急に航空隊の幹部を集め、作戦構想を話す。

「最初の奇襲は夜襲で行いたいと思う」

それに対する幹部たちの反応はさまざまだった。反対を口にはしないものの、不安げなもの、あるいは、逆に積極的なもの。

「まず第一陣を夜襲で行い、敵の航空戦力を壊滅させる。その上で第二陣は夜明けとともに行い、戦果を拡大させる。

敵の航空戦力を壊滅できたら、我々は敵の追撃を受けることなく撤退できる」

航空隊にとって危険を伴う夜襲をあえて行うのは、それによって空母部隊の安全を確保するため。そのことがわかると、航空隊幹部の議論も具体化してきた。

精鋭の夜襲隊を中核に三〇機の攻撃機中心の第一陣を用意し、夜襲訓練を受けていない部隊は夜明けの第二陣に参加する。

「作戦開始は明日の深夜である」

スプルーアンス司令官はそう宣言した。

2

ニューギニアの陸上基地による連日の牽制攻撃が功を奏したのか、戦艦伊勢と日向は深夜にポートモレスビーを射程圏内に捉えられる位置まで進出できた。

これが軍艦相手なら弾着観測機も必要だが、都市という固定目標ならそんなものは不要だ。

砲撃は各砲につき一〇発の一隻一二〇発、二隻で二四〇発の砲弾を撃ち込む。これは陸攻で換算すれば、最大規模の爆撃をも上回る鉄量になる。

ポートモレスビーにとっては青天の霹靂のような砲撃だった。すでにレーダーは破壊されており、戦艦の接近には誰も気がつかなかった。

一つにはラビを攻撃した空母部隊が、日本軍の戦艦部隊について何も気がつかず、報告もなかったことだ。

普通に考えれば、空母が展開しているならレーダーに戦艦が映っても不思議はないではないか。

だが、現実に砲撃は行われた。彼らには反撃手段は何もなかった。

「戦果確認はいたしますか」

参謀長に問われた井上は不要と言う。

「敵部隊をおびき寄せるための砲撃だ。戦果確認は不要だろう」

そうして彼は水平線の方角を指さす。ポートモレスビーで激しい火災が起きているのか、空が真っ赤に燃えていた。

「連日の攻撃で、ポートモレスビーの物資備蓄も乏しいはずだ。それがこれだけ燃えるなら、彼らも真剣に備えをする必要があろう。ならば敵も動くはずだ」

3

「ポートモレスビーが砲撃されただと！」

スプルーアンス司令官には、その報告は信じがたいものだった。日本軍の注意をニューギニアに向けるのが目的の作戦なのは確かだが、昨日の今日で、ポートモレスビーが戦艦の砲撃を受けるというのはどういうことなのか？

そもそも計算が合わない。仮に戦艦がラバウルからやってきたとしても、ラビを攻撃してからでは、戦艦の速力ではポートモレスビーを攻撃することなど不可能だ。

つまり、日本軍は最初からポートモレスビーを攻撃するために戦艦部隊を派遣していたのだ。自分たちが日本軍に発見されずにラビを攻撃できたのと同じ理由で、日本軍は自分たちを発見できないままポートモレスビーを攻撃したのだ。

「現状は我々に有利です」

意外なことに、スプルーアンスの参謀はそう主張する。

「どうして我々に有利なのだ？」

「敵軍は、ラビの攻撃をポートモレスビーからのものと思い込んでいます。だから、戦艦部隊は引き返すこともなく攻撃を続行した。

しかし、我々は敵が戦艦部隊であることを知っています。ならば我々が敵に奇襲をかけることが可能です」

「戦艦部隊への奇襲か……」

スプルーアンス司令官は参謀長の意見を吟味する。

命令はガダルカナル島の攻撃だ。しかし、そもそもの作戦目的はニューギニアの日本軍の圧力を軽減することにある。ならば、戦艦を撃沈するというのは、日本軍の活動を萎縮させるのに大きな効果があるのではないか。

極論すれば、戦艦さえ沈めたらガダルカナル島は次の機会でも問題ないはずだ。

「敵艦隊を攻撃するとすれば、どうすればいい？」

スプルーアンス司令官の質問に航海参謀がすぐに計算を始める。

「敵戦艦は、ラバウルの第四艦隊の伊勢と日向と考えて間違いないでしょう。ならば攻撃後は、ラバウルへ向かうはずです。

攻撃時間から逆算して、敵艦隊はすでにラビを過ぎているでしょう。我々が現在の位置から引き返すとして、現在位置から西に向かえば正午には、航空隊に対して出撃命令が出せるでしょう」

航海参謀の計算には曖昧な部分も多かったが、情報が少ない以上、それは仕方がない。

「この針路で航行し、まず索敵機を飛ばす。そして敵艦隊の正確な位置を把握次第、攻撃隊を出す。参謀の計算通りなら、ニューギニアの航空隊が我々を攻撃するのは無理だろう」

しかし、スプルーアンス司令官の計画は予想外の方向から修正を迫られた。

ポートモレスビーへの砲撃は、現地司令部に戦慄と危機感をもたらした。太平洋艦隊司令部やゴームリー中将などは否定しているが、日本軍はやはりポートモレスビー占領を計画し、陸上部隊を派遣しているのではないかという疑いだ。そのため彼らは夜明けとともに、カタリナ飛行艇や水上偵察機をかき集め、日本軍部隊の捜索にあたらせた。

砲撃の影響は航空基地が中心であり、水上機は飛行艇も含めて難を逃れることができた。

もともと連絡のためにポートモレスビーを訪れていた飛行艇であったため、日本軍にその存在を知られることはなかったのだ。

本来ならオーストラリアに戻るべきであったが、状況の急変に伴い、索敵に協力することになった。水上機も索敵にあたっていたが、能力的にもっとも期待されていたのが飛行艇であった。

そのため飛行艇は、敵戦艦がもっとも存在していそうな海域を担当した。

そして、それは正解だった。

自分たちに向かって一機の日本軍機が接近してきた。それは複葉機であった。軍艦搭載の観測機の類だろう。砲撃が戦艦により行われたことを考えれば、これが現れたのは不思議ではない。

複葉機はしばらく飛行艇を監視するように飛んでいたが、突如として銃撃を加えてきた。

カタリナ飛行艇もすぐに応戦するも、複葉機は水上機とは思えないほどの軽快な動きで攻撃を仕掛けてくる。

武装は機銃二丁だが、銃弾は的確に飛行艇を捉えていた。

機長はそこで反転し、ポートモレスビーへ戻る決心をした。複葉機が現れたのは、敵戦艦部隊がこの近くにいることを意味している。そして、肝心の戦艦が見えないのはレーダーが自分たちを発見し、複葉機が迎撃に向かったから。

重要なのは、敵部隊が観測機である複葉機を迎撃に出したということだ。

確かに複葉機にしては高性能で、あるいは少し前の時代の戦闘機の水準は出ていたかもしれない。

だが、観測機は戦闘機ではないのだ。敵艦隊に空母がいれば、戦闘機が迎撃にあたったはずだ。それがないというのは、敵艦隊に空母は同行していないことになる。

もっとも、それは司令部も分析していたことではある。空母がいないから夜襲を仕掛けてきたのだと。戦艦単独だからこそ、航空脅威なしに仕掛けてきたのである。

この情報は少なからず重要だった。いまならこの戦艦部隊は、空母部隊の前に容易に撃破されてしまえるからだ。

飛行艇の発見は、すぐにスプルーアンス司令官へ太平洋艦隊司令部経由で転送された。

4

「夜襲隊を苦労して用意するまでもなかったな」

スプルーアンス司令官はそう思った。

結局のところ、作戦は当初の思惑とはかなり違った展開になっている。ニューギニアの日本軍に対するラビ攻撃という陽動作戦は、本来の作戦趣旨からすれば完全に無意味だった。

自分たちが動くよりも早く日本軍が動いていただけで、ラビへの攻撃は日本軍の行動に影響を与えるには至らなかった。

しかし、だからこそ日本軍は米空母の存在に気がついていない。空母により敵戦艦を攻撃すれば、日本軍に大打撃を与えることになり、本来の作戦目的を達成できるのだ。

じっさい米太平洋艦隊の認識も同じであった。

空母部隊は現場に急いだ。航空隊を出せる位置まで進出するのにかかる時間は当初の予測どおりだが、敵艦隊の位置がわかったことで、見積もりは著しく精度を高めた。

その間に攻撃計画は修正された。戦艦部隊はニューギニアの近海を移動しているらしい。だから戦艦部隊を攻撃すれば、陸上基地からの反撃も予想された。

そして、空母護衛のために戦闘機は温存する方向で、攻撃機主体の編制となった。

第一波はF4F戦闘機が一〇機、SBD急降下爆撃機が三〇機の総勢四〇機の編隊となった。おおむね二波に分けての攻撃で、敵戦艦を仕留める計画である。

二隻の空母、ホーネットとサラトガから総計四〇機の戦爆連合が飛び立った。

ミッドウェー海戦の頃は、勝ったとはいえ、航空隊には編隊も満足に組めない搭乗員もいた。しかし、それはすでに過去の話だ。

いまでは編隊飛行は困難な技術ではなくなった。経験を積んだ搭乗員は着実に増えている。

スプルーアンスは作戦の成功を確信していた。失敗する要素など、どこにもないからだ。

だが、一つの通信が彼の確信を疑念に変える。

「敵戦闘機隊と交戦中！」

5

じつを言えば、この米空母部隊の戦爆連合で、戦闘機隊の隊長だけは戦闘機の数をもっと増やすことを提案していた。

理由は単純である。敵戦艦にもレーダーは搭載されているはずで、自分たちの接近はすぐに察知される。そうなれば、陸上基地から日本軍の戦闘機隊が増援に現れるだろう。

その場合、戦闘機一〇機で防戦するのは難しい。それが彼の主張だった。

しかし結論を言えば、その意見は退けられた。日本軍の迎撃機が強力であるならば、なおさら空母の防衛に戦力を温存せねばならない。

逆に、日本軍戦闘機隊がそれほど強力でないならば、一〇機のＦ４Ｆ戦闘機で十分というわけである。

スプルーアンス司令官としては、攻撃隊の安全より虎の子の空母部隊の安全を優先すべき理由があるということだ。

そう言われれば、戦闘機隊の指揮官もあえて言うことはない。命令にしたがうだけだ。

戦闘機隊の指揮官は、ブナの飛行場から自分たちへ迎撃部隊が現れる時間を計算する。敵戦艦のレーダーが発見し、通報し、出撃し、到着する時間だ。

冷静に計算してみると、スプルーアンス司令官の判断はじつは適切だとわかってきた。それは敵戦闘機の迎撃部隊が自分たちと接触するのは、敵艦隊のすぐ近くであるためだ。

つまり、攻撃はすでに始まっており、敵戦闘機が迎撃に割ける時間はほとんどない。

むろん飛行艇に発見されたことで、よりニューギニア寄りに針路を向けることは可能だが、それにしても十分な距離は稼げまい。

彼はそう考えて敵艦隊へと向かっていた。しかし、戦闘機隊指揮官の予想は意外な形で狂い始めた。

「前方より黒点四！　敵機と思われる！」

僚機が突然、報告してきた。レーダーに発見されても不思議はない領域であるが、まさか四機の迎撃機が来るとは思わなかった。

四機という中途半端な数は、おそらく戦艦の搭載機だろう。一隻二機で、二隻で四機という計算だ。

しかし、戦艦の艦載機というのは偵察機か観測機であり戦闘機ではない。愚鈍な水上機で、しかもたった四機で何をしようというのか？

おそらくは時間稼ぎだろう。ほかに考えられない。だが、水上機と空母艦載機では、戦ったとしても鎧袖一触ではないか。

彼の認識はすぐに改められた。戦闘機隊が動くよりも早く、その複葉の水上機はSBD急降下爆撃機隊に銃撃を加えたのだ。

複葉機と舐めてかかったのが大失敗だった。複葉機は翼面荷重が軽いために運動性能で勝っていた。しかもこの複葉機は、複葉機にしては速い。

SBD急降下爆撃機にとっては完全に奇襲攻撃だったこともあり、一機が撃墜され、一機は撃墜を免れたが黒煙を曳きながら、戦線離脱を余儀なくされた。

ここでF4F戦闘機隊は動き出したが、四機しか敵機がいないことが逆に相手側に幸いした。どこに敵機がいるかわからないからだ。

それだけ複葉機は神出鬼没に動いた。複葉機側からすれば、周囲はすべて敵と考えていいから活動しやすいのかもしれない。

さすがに積極的な攻勢には出てこなかったが、小回りがきくことを生かして、S

ＢＤ急降下爆撃機隊を翻弄する。翻弄しつつ銃撃を加え、一機、また一機と撃墜していった。

さすがに四機以上の撃墜はなかったが、それは結果論であって、飛んでいる間はわからない。

戦闘機隊の指揮官は、自分の致命的な間違いを悟った。鎧袖一触と思っていた敵機四機が見事なまでに、攻撃隊の行き足を遅らせてしまっていたのだ。

つまりそれは、ニューギニア基地の日本軍部隊の増援が間に合うということだ。それは五分、一〇分というものだったかもしれない。しかし、飛行機の速度を考えたら、それだけの時間差で数十キロの距離の差になるのだ。

そして、Ｆ４Ｆ戦闘機隊の前に零戦一〇機が現れた。零戦隊の到着で複葉機は帰還した。燃料なり銃弾の消費が激しかったのだろう。

戦闘機隊の指揮官はこのことで、いささか冷静さを失っていたかもしれない。ともかく、たかが複葉機に二機のＳＢＤ急降下爆撃機が劈頭で無力化されたことが、彼の冷静さを失わせた。そしてそれは、零戦隊が現れた時も続いていた。

一〇機の零戦隊の目的は明確だった。ＳＢＤ急降下爆撃機を撃墜する。これに尽きた。

　F4F戦闘機隊の指揮官は、零戦を撃墜しようと考えた。彼らの任務はSBD急降下爆撃機隊の護衛である。

　だから、零戦を撃墜すれば目的は果たされるような気はするが、じっさい両者は似て異なるものである。つまり、零戦との空中戦を目的とすれば、SBD急降下爆撃機の警護はおろそかになるわけだ。

　じっさい彼らは零戦を追いかけるばかりで、SBD急降下爆撃機に近づこうとする零戦を阻止するようには動かなかった。

　そもそも零戦の後ろを取ろうとすることは、零戦の機銃とSBD急降下爆撃機の間に障壁がないことと同等だ。

　それでもF4F戦闘機隊は二機の零戦を撃墜した。しかし、同数のF4F戦闘機を撃墜されただけでなく、四機のSBD急降下爆撃機を撃墜され、さらに一機が戦線を離脱した。

　つまり、二機のF4F戦闘機をのぞいても、零観と零戦で九機のSBD急降下爆撃機が脱落したことになる。

　三〇機のSBD急降下爆撃機は二一機にまで数を減らしてしまった。

　それでも零戦隊が帰還していったことで、部隊は前進を続ける。陸上基地からのい。

零戦は予想よりも早く現れたが、おかげで燃料を消費し、空戦時間は短かったらしい。

ＳＢＤ急降下爆撃機の数が三分の一にまで減少したことは痛手ではあるが、いまこのチャンスを見過ごすわけにもいかなかった。

空母を伴わない戦艦部隊、しかも上空警護は陸上基地の戦闘機だけ。そんなチャンスはまずない。

戦爆連合が敵戦艦部隊に接近を続けると、先ほどの複葉機が接近してきた。ただし一機だけだ。さすがに迎撃ではなく監視目的だろう。

なぜなら互いに相手を視認すると、複葉水上機は接近をやめ、自分たちと同じ方向に反転し、同航を始めたからだ。

戦闘機隊の指揮官は、それに対して積極的に何かをしようとは思わなかった。敵戦艦まではもうじきのはずで、いまさら偵察機一機をどうこうしても始まるまい。

すぐに水平線の方向に戦艦の姿が見えた。二隻の戦艦の周囲を小艦艇が囲んでいる。駆逐艦に見えるものもあるが、駆逐艦とは違うような見慣れないものもある。数ではその艦艇が多い。

その小艦艇群と戦艦の高角砲が、一斉に火を噴いた。正直、見慣れない小艦艇の火力など、彼らはなんとも思っていなかった。

しかし、その判断は間違っていた。

多数の高角砲が自分たちに向かって放たれ、周辺の空間には多量の砲弾が集中し、撃墜機は現れないにしても、損傷機が現れ始めた。

すぐに数機のＳＢＤ急降下爆撃機が脱落し、反転していった。

Ｆ４Ｆ戦闘機隊は、この状況になす術もない。戦闘機隊と攻撃機は異なる高度を飛んでいたが、砲弾は明らかに攻撃機の高度に集中していた。

撃墜機は五機程度だったが、損傷機もまた同じくらいある。

それでもＳＢＤ急降下爆撃機隊は前進を続けた。ここまで来て引き返せないからだ。すでに戦艦の姿は、はっきりと目視できる。

だが高角砲の猛攻を抜けた時、今度は彼らを対空機銃の重厚な防御火器群が迎え撃つ。

一機のＳＢＤ急降下爆撃機は僚機が撃墜されるのを横目に、戦艦伊勢に上空から突っ込んでいった。

急降下爆撃の命中精度は高いが、それだけ長時間、敵に一定針路の状態で身をさらすことになる。その針路上に四連対空機銃弾が撃ち込まれる。

伊勢、日向だけが装備している四連機銃は、その弾幕の威力を遺憾なく発揮した。なにしろ相手が機銃に近づく形なのだから、弾幕を外すほうが難しい。照準器も構造が簡便であるため、常に視界内に敵機の姿を捉えていた。

それでも一発一発の命中率は低かったかもしれない。しかし、それは銃弾の数で補われる。そして飛行機は一発、二発命中すれば、それだけで致命傷となる。

そして二発の銃弾が命中し、SBD急降下爆撃機は撃墜された。

結果を言えば、戦艦の機銃に撃墜されたSBD急降下爆撃機がもっとも多かった。しかし、護衛艦艇の機銃によっても戦闘機は数機が撃墜された。不用意な動きをしていたためだ。

機銃の効果が大きいのは、ある意味で当然のことだった。高角砲は遠距離から攻撃をかける分、あつかう空間の容積が圧倒的に大きい。

その広大な領域に弾幕を張るとなれば、照準器の命中精度はかなり高度なものが求められる。弾道が移動する時間と航空機の移動距離も無視できないからだ。

しかし、戦艦の対空機銃は違う。SBD急降下爆撃機が爆弾を投下する領域は高角砲より著しく狭い。爆弾を投下しても命中しない場所のSBD急降下爆撃機など攻撃しても仕方がない。

攻撃すべきは脅威となるＳＢＤ急降下爆撃機だけだ。ならば、銃弾を叩き込むべき領域は比較的狭いのだ。だから砲弾・銃弾の鉄密度を比較すれば、対空機銃こそ脅威なのである。

もっとも、それは爆撃機にも言えることで、ある領域の中で爆弾を投下すれば、ほぼ命中する。つまり、命中率の高さはリスクの高さとトレードオフの関係にある。

高角砲で撃墜できるなら、艦艇の側では安全のためのストロークが十分確保できることになる。同時に命中率が低いから、攻撃機側も行動の自由が確保できる。

ともかく冷静に考えればそういうことなのだが、対空機銃の活躍でＳＢＤ急降下爆撃機隊は撃破された。

スプルーアンス司令官の第一次攻撃は失敗に終わった。

6

「まさか空母が進出していたとはな」

井上第三艦隊司令長官には、それは予想外のことだった。ラビの攻撃はポートモレスビーからと思っていたが、そうではなく、どうやらこの空母部隊の仕業であったらしい。

彼らはラビを攻撃して、日本軍部隊をおびき出す計画だったのだろう。ところがその計画の前に、すでに日本海軍は動いていた。米海軍を誘い出すために。

つまり、日米ともに相手を誘い出すために動いており、それが互いに思わぬ誤算となったわけだ。

「飛鷹、隼鷹を出しますか」

参謀長の提案を井上長官は吟味する。

「敵が空母航空隊を送ってきたということは、敵は我々が空母部隊を伴っていることを知らないのだ。迎撃の零戦隊もブナの航空隊だったしな」

井上は迎撃機をブナの航空隊から出させ、第三航空戦隊の戦力は温存していた。だから零観で時間稼ぎをしたのだ。

しかし一番の理由は、部隊の対空火器の実力がどの程度のものか、それを確認したいという点にあった。だから、ブナの戦闘機が緊急で出せるのが一〇機でも慌てなかった。

電探によれば、敵戦力は三、四〇機程度であるし、これなら艦隊防空の実力を確かめられるとの判断だ。

それだけ井上司令長官は、演習での手応えを感じていたということでもある。

また最悪、ブナや三航戦から戦闘機を出させれば、対応できるという読みもある。戦艦はすでに無敵の存在ではないにせよ、空母よりも抗堪性（こうたんせい）はあるだろう。じっさい新しいやり方の対空戦闘は艦隊を守り抜いた。護衛艦艇さえ沈められたものはない。となれば敵戦力にもよるが、艦隊はまだ自力で守り抜けるだろう。

井上としては、決定的な局面で三航戦を投入し、敵空母部隊を撃破したい。だから下手に空母の存在を示して、敵部隊に逃げられたくはない。

「ブナ地区を抜けると、ラエ、サラモアまで整備された航空基地はない。かろうじて軽便鉄道と道路が開通しているだけだ。

理屈では、ブナ地区とラエ、サラモア地区の航空支援は受けられるが、沿岸を航行する艦艇にとっては十分なエアカバーとは言いがたい」

それは井上も痛感していたことだが、現状では激戦の中で東部ニューギニアの拠点を確保し、連合国軍を圧迫しているだけでもよしとしなければならない。

電撃設営隊の山田隊長が中間地点のマイアマに基地建設を提案し、連合艦隊司令部の了解を得て基地建設を始めているが、本質的な問題はそこにはない。

基地を増やすのは電撃設営隊のおかげでさほど困難ではなくなった。問題は航空基地に配備する飛行機であり、それ以上に熟練搭乗員だ。

ともかく各方面で人が足りない。予科練その他で大量教育が行われているが、間に合うのかどうか。それは予断を許さない。

だからこそ、機械力による省力化を目指さねば戦線の維持はおぼつかないのだ。

まして相手が機械力では世界最高の水準の米英であればこそ、日本軍に失敗は許されない。

「となれば、敵空母部隊が再攻撃を仕掛けてくるなら、このブナ地区とサラモア地区の中間地点だろう。第一陣の失敗があればこそ、第二陣は戦力を増強しての攻撃となるはずだ」

その点には井上司令長官も自分の判断に自信があった。

敵空母部隊はこのまま引き返したりはしないだろう。日本軍が攻勢準備を整えたり、戦艦部隊が逃げ去って、せっかくのチャンスを失いたくもない。

そうであれば、攻撃機会は一度しかない。

「問題は、いかにして敵空母の所在を発見するかだ。敵空母が総攻撃をかけてきた時、敵はもっとも無防備となる。その無防備な敵に対して三航戦の戦力をぶつけるなら、敵空母部隊は壊滅できる」

「肉を切らせて骨を断つ。そういうことですか」

参謀長の言葉がすべてを物語っていた。

7

山田電撃設営隊長は海軍施設本部の幹部としてニューギニアはマイアマで航空基地建設の陣頭指揮に立っていた。

本当なら彼は中央で働くべきポジションの人間であった。しかし、戦域の拡大と強まる基地需要のため、彼は各戦線で現場の建設指揮を行っていた。

設営隊長となっていたが、第一設営隊も陣容を大幅に変えていた。人数が大幅に縮小されたかわりに、機械類は群を抜いて充実している。

そして、彼らの目的は工事が遅れている設営隊に出向き、機械力で遅れを取り戻し、現場に技術指導を行う点にあった。

そのため機動力が要求され、特別な高速艦も与えられていた。とはいえ、新造艦ではない。重雷装艦大井と北上を電撃設営隊の船舶として改造したのである。

実質的に対空火器を施した高速輸送船のようなものだ。軽巡洋艦は特務艦となり、電撃設営隊の人員と機材を大井と北上の二隻で輸送するのが主な任務になっていた。

いま大井と北上はマイアマに向かってラバウルから航行を続けていた。ただ直接マイアマに向かうのではなく、途中でほかの基地に物資補給も行った。

東部ニューギニアを結ぶ縦断道路も建設中であり、そちらの設営隊への補給である。港湾部に揚陸し、完成した部分の道路で運べば簡単だが、道路自体は完成すれば一〇〇〇キロにも達する。

だから港湾から移動すれば一〇〇キロ、二〇〇キロは走行しなければならない。そうなれば燃料だって馬鹿にならない。

道路自体は海岸に近いので、海岸から工事現場まで移動すればいい。その場合、ジャングルを啓開する必要はあるが、そのための機材も装備している。

それは大型トラクターのオプションで、車体前部に大きな角を取り付けたものだ。もともとは陸軍がシベリアの密林を走破するために開発したものである。一五トン以上の車体に角をつければ、大木も倒せるという着想だ。

調査したところ、大木と大木の間は車両が通過できる程度の間隔があり、問題はむしろ中間程度の樹木とわかった。そうした樹木を倒すというのがこのオプションだ。

こうした事情もあって、大井と北上は通常の航路とは違った航路を進んでいた。

そうした夜のこと。艦長が船室の山田に電話を入れてきた。

「隊長、電探に反応があるのだが」

艦長が山田にそう告げたのは、航路や目的地については彼の意見が尊重されるためだ。設営隊のための艦艇部隊だからである。

ともかく山田は電探室に向かった。そこには、すでに艦長の姿があった。

日本軍のレーダーはまだＰＰＩではないため、アンテナの角度とテレビ画面の波形から相手の位置を読み取らねばならなかった。

山田はこの方面には素人だったが、少なくとも複数の軍艦がいるらしいことはわかった。

「司令部より、米空母が策動しているとの連絡があります。おそらくそれではないかと」

「艦長は、どうしたいと思うのだね」

「敵艦の正体を明らかにすべきでは？」

山田は話を聞いた時から、こうした展開を予想していた。敵がいたのなら攻撃する。わかりやすい話だ。

「いや。この相手について我々は無視して、現状の航路を進む。我々の電探が発見したことだけ司令部に伝達すればいいだろう」

山田の意見に艦長は明らかに不服そうだった。大井と北上の指揮権について、軍令承行順から山田には艦長に命令する権限はない。艦長は兵科将校で山田は技術士官だ。

ただし、大井と北上は電撃設営隊に付属する輸送艦であり、電撃設営隊の隊長の要請には逆らえない。この点では部隊の指揮系統に問題はあるのだが、艦長には艦の目的地を勝手に変更することは認められていない。

「我々の電探が敵を発見したならば、敵もまた電探で我々を発見している。ここで我々が接近する素振りを見せたなら、敵は確実に我々を撃沈するだろう。

我々が敵についてわかっているのは、空母があるということだけだ。護衛に重巡や戦艦がいたとして、我々はそれと戦えるか？」

艦長は不快そうな表情を浮かべたものの、何も言わない。じっさい大井も北上も、高角砲や機銃が若干あるだけで、対艦戦闘力はないに等しい。軍艦と真正面から戦える能力はない。

「忘れないでほしい。大井と北上は設営隊を迅速に戦場に展開することで軍に貢献しているのだ。大井と北上は設営隊の機動力の根幹だ。勝てない相手との戦闘で無駄に沈めていい船じゃない！」

「無駄に沈めていい船ではない……」

艦長は山田のその言葉に、何かを感じたようだった。

「現状の針路を維持し、敵発見の報告のみを行います」

艦長は敬礼し、山田も返礼する。

「頼む」

8

「敵艦は針路を維持しながら、レーダーの視界から消えました」

「そうか」

スプルーアンス司令官は艦長からの報告に安堵した。レーダーが敵艦を捕捉したとの報告を受けた時、彼はまずい状況に陥ったと思った。

レーダーによれば、二隻の敵艦は駆逐艦より大きいくらいの軍艦だという。

おそらくは軽巡か何かだろう。自分たちの戦力であれば、軽巡二隻を撃沈するのは難しいことではない。

しかし、重要なのはそこではない。敵艦にレーダーが搭載され、自分たちに気がついた時、それらが自分たちに向かってきたら、どうなるか？

当然、接近を阻止するために部隊を出さねばならない。軽巡なり駆逐艦を向かわせるのは簡単だ。しかし、そうなれば戦闘となり、敵に自分たちの存在を知らせてしまうことになる。

艦艇部隊ではなく、航空隊を出すこともできる。夜襲部隊もチームとして利用できるから、そうした選択肢もある。

しかし、それとて敵に自分たちの存在を知らせてしまうという点では同じだ。むしろ空母であることを、よりはっきり知らせることになる。

つまり、敵の接近を許せば自分たちの存在を知らせることになり、逆にそれを阻止しても自分たちの存在を知らせることになる。

そう、敵が接近してきたら、どう転んでも自分たちの存在は明らかになる。だが、幸いにも敵は自分たちに気がつかなかった。

だから、自分たちはかろうじて敵に気取られずにすんだ。

「これも神も加護なのか」

「敵空母部隊らしき艦隊を発見」

大井と北上からの報告に最初に反応したのは、ラバウルの陸攻隊だった。

ニューギニアの陸攻隊は夜明けとともに出動準備を整えていたが、ラバウルの陸攻隊は夜襲を準備していたのである。

これは第四艦隊の高須司令長官が、ニューギニアの部隊を掌握する第三艦隊の井上司令長官と話し合ってのことだ。

つまり夜から未明にかけて、敵部隊に波状攻撃をかけるというのが作戦趣旨だ。井上長官としても、陸上基地で第三航空戦隊の存在を秘匿できるなら、敵をより確実に撃破できよう。

しかし、井上、高須両司令長官が見落としていることがあった。作戦の機密管理を徹底したため、第四艦隊は第三航空戦隊の動きを知らなかったのである。

9

いつの時代も重大な局面になると、きわめて初歩的なミスを犯す人間がいる。戦争という緊張感の中では、それにより通常以上の働きをしてのける人間がいる一方で、それによって失敗する人間もいるわけだ。

ラバウルの陸攻隊にとって、その出撃は著しく高いストレスの中にあった。

ミッドウェー海戦後の空母戦力が激減した状況で、敵空母部隊を撃破できるというのは彼我(ひが)の戦力にとって重要なことだ。

さらに、第二戦隊の戦艦を攻撃した戦力を考えるなら、それは空母二隻程度の部隊と思われた。だから敵空母二隻を仕留めることができる。

この事実が陸攻隊に与えたプレッシャーは尋常ではなかった。

そして事故は起こる。それは単純な勘違いであった。敵空母部隊の座標と伊勢・日向の座標を取り違えたのだ。

悪いことに両者の距離は、じつはそれほど離れていない。空母部隊が第二戦隊を撃破すべく接近しているのだから当然だろう。

これが極端に方位が異なっていたなら、操縦員も気がついただろうが、それほど方位が違ってもいない。角度にして一度、二度レベルの差である。

それはわずかな差であるが、ラバウルからという長距離では、距離の誤差にすれば相応に大きくなる。

不運なことに、第三航空戦隊は無線封鎖を行っていた。電探さえ止めている。それは伊勢・日向の電探があるから、そちらに担わせているのである。

だから飛鷹・隼鷹のいずれも陸攻隊の接近に気がつかなかった。

一方、陸攻隊にしてみれば、第三航空戦隊を発見するのは比較的容易だった。総計一八隻の艦艇が撹拌する海水により夜光虫が航路に筋をつけているからだ。

夜光虫の明るさなど、たかが知れている。しかし、自然界の中で船舶が作り出す直線的な航跡は非常に目立った。

特に陸攻隊のように敵を求めている相手には、それは見逃しようもない。

そして、彼らは空母二隻を認めた。それぞれが八隻の護衛艦艇に守られている。

陸攻隊は、まず照空隊が吊光投弾を行った。周囲はそれにより昼間のように明るくなる。

じつは、空母部隊では陸攻隊の接近を見張員が把握していた。エンジン音や夜目に優れたものがいたためだ。

彼らは、それが陸攻であるとすぐに理解した。双発機が空母から出撃しないだろうし、エンジン音は陸攻のそれだ。

ただ第三航空戦隊の将兵には、それが接近して来る理由がよくわからなかった。

ランドマーク代わりに接触したが、一番ありえる解釈だ。

もっともこれもおかしな話で、冷静に考えるなら、陸攻隊が空母の正確な位置を知らない限り、ランドマーク代わりには使えないのだ。

ただ、そうでないならほかの解釈もできない。まさか誤認しているとは思わない。

しかし、照空隊が吊光投弾を行ったとなると、その意図は明らかだ。

緊急事態ということで無線が打たれ、探照灯が真上にあげられる。

「我、三航戦！　我、三航戦！」

空母のアイランドの形状と探照灯を真上にあげることから、陸攻隊は誤認を疑い、無線通信でやっと自分たちの間違いに気がついた。

すぐに航法の誤りが発見され、部隊は軌道修正を行い、敵空母部隊へと向かって行った。

井上成美第三艦隊司令長官はこの騒ぎに青ざめた。三航戦の空母二隻を切り札に使う計画が、この陸攻隊の誤認により潰えたからだ。

むろん、敵が三航戦の空母に気がつかない可能性はある。無線通信が交わされた時間は短いからだ。しかし、伊勢・日向からも通信は明瞭に受信できた。神経を張り詰めた敵が気がつかないとは思えない。

「針路を変更する。第二戦隊は三航戦と合流する！」

10

　レーダーが敵編隊らしきものを捉えたという報告は、スプルーアンスに対して先ほどの二隻の巡洋艦らしきものは、やはり自分たちを発見していたことを教えていた。

　スプルーアンスもこのことにさほど驚きはしない。敵のレーダーがこちらの戦力を正確に把握していたなら、勝ち目のない戦いを避けたとしても不思議はない。

　ある意味、それは合理的な判断だ。つまり、日本海軍は思っていた以上に利口であるということだ。

　ただレーダーの報告では、敵編隊は自分たちのほうに向かっているわけでもなく、かなりずれたところを飛んでいるらしい。

　この点はスプルーアンスにも理解できなかった。よもや夜間航法ができないとも思えない。

　仮に夜間航法ができないとしたら、このタイミングで自分たちのレーダーが捕捉できるほど接近するのも不自然だ。もっと明後日の方向に飛んでいるだろう。

つまり、航法ができてもできなくても、日本軍部隊の航路はおかしいのだ。

「左舷前方に発光体！」

見張員の報告で、状況はますます混迷を深める。スプルーアンスが空母のアイランドから外を見れば、確かに水平線の向こうには照明弾のような光が見える。

それに対して光の柱が昇る。それは二本でサーチライトを真上に向けたようだった。

そしてサーチライトが消え、照明弾も海中に落下する。再び夜は闇となる。

「司令官、これは？」

参謀の疑問にスプルーアンスは答える。

「信じがたいが、日本軍はこの重大局面で致命的なミスを犯した。あのサーチライトの下には、敵艦隊がいるのだ。

どうして日本軍が丸腰の戦艦部隊を投入してきたのか。我々を誘い出し、背後に隠した別働隊で我々を奇襲しようとした。しかし敵味方を誤認し、作戦は潰えた」

「敵の別働隊とは？」

「我々と誤認したと言うならば、敵部隊は空母だ。おそらく二隻ではないか、敵の部隊は」

「ならば……」

「そうだ。敵戦艦より敵空母こそ攻撃する価値がある」

ただ、敵空母部隊のいる方位はわかったが、距離は判然としない。レーダーには映っていないから、それなりに距離はありそうだ。

照明弾やサーチライトは条件さえ整えば、レーダーの有効範囲外でも見えることはある。高い高度まで光が届けば、遠距離でも目視できる道理だ。

照明弾やサーチライトも直接の目視ではなく、高空の雲に反射したならば、なおさら遠距離でも見えるだろう。

スプルーアンス司令官は、まず部隊の針路を大幅に変更した。敵の航空隊が誤認したということは、航空隊は自分たちの位置をほぼ把握している。

彼の仮説は通信科からも裏付けられた。日本軍の無線通信が交わされ、どうやら部隊の一つは第三艦隊の艦艇らしい。それは日本海軍の空母部隊であるはずだった。

ならば、彼らが自分たちに向かってやってこないとも限らない。

敵味方を誤認する程度の敵航空隊にさほどの脅威はないのかもしれない。しかし、用心するに越したことはない。

スプルーアンスは本隊の針路を変更するとともに、駆逐艦の一隻に全速力で本隊から分離し、サーチライトを上向きに点灯させるよう命じた。

敵艦隊がそれを自分たちと誤認し、攻撃することを期待してだ。敵が接近したら駆逐艦はサーチライトを消せばいい。

敵がいくら空母を探しても、そこに空母は見当たらない。夜間に駆逐艦を攻撃しても、撃破される可能性は低いだろう。

よしんば攻撃されたとしても空母二隻は守られる。果たして、レーダーが敵航空隊を捕捉した。

このタイミングで駆逐艦がサーチライトを灯す。スプルーアンスの策は当たったようで、航空隊は針路を大きく変更した。

そして、レーダーの指示に従いサーチライトは消え、敵航空隊は迷走し始めた。どうやら駆逐艦は発見したが、その周囲に空母がいると思ったのか、航空隊は爆撃を始めたという。

照明弾が使われなかったのは、先ほどの誤認で使い切ってしまったのか。

最後のほうでは駆逐艦にも爆撃は行われたが、爆弾は一つも命中しなかった。そして敵航空隊は帰還した。針路からしてラバウルだろう。

スプルーアンス司令官の幕僚らは、日本軍航空隊をやり過ごしたことに喜んでいたが、スプルーアンス自身は喜ぶ心境ではなかった。

結局のところ、日米空母部隊の衝突は避けられない。なぜならこの至近距離にいては、遅かれ早かれ発見されるのは避けられない。

先に発見し、攻撃をかけた側が有利ではあるが、それでも敵を痛打しなければ相応の反撃を覚悟しなければならなくなる。

さらに厄介なのは、敵戦艦部隊の存在だ。それがこの状況でどう動くのか？　挟撃される可能性さえある。

「どうします、司令官？」

スプルーアンスは参謀の問いに答える形で、決断を下す。

「敵戦艦部隊を発見し、それを撃破することに傾注する。戦艦が襲撃されれば、敵も攻撃どころではあるまい」

果たして、そううまくいくのか。それは彼にも疑問であった。しかし、やらねばならないのだ。

第6章　決戦！

1

「陸攻隊が仕損じたということは、敵はこちらに空母があることを知ってしまったか」

井上司令長官には、それは衝撃ではあったが、誰かを責めるつもりもなかった。いまはそんな非生産的なことをしていられる場面ではない。

状況は微妙であった。陸攻隊は戻っていったが、結局のところ、敵空母部隊の姿を認めてはいない。陽動と思われる駆逐艦を発見しただけだ。

一方で、敵も自分たちの正確な位置は発見していない。

こちらの電探に反応はなく、敵が電探で発見できたのは陸攻隊だろうが、自分たちではない。

つまり、互いに相手の大まかな位置を掌握してはいるが、攻撃を仕掛けられるほど精密な位置は把握していない。空母戦になれば先手必勝。第一撃で相手を無力化しなければ、反撃で自分たちも撃破される。

ミッドウェー海戦でわかるように、空母戦とは陸戦にたとえるなら、戦車戦ではなく大砲を載せたトラック同士の戦闘なのだ。

こちらの大砲で相手を確実に破壊できるが、あちらの砲弾が命中すれば、こちらも無事ではすまない。

防御と火力とがアンバランスなのだ。空母には戦艦を撃破できるほどの火力はあるが可燃物の塊であり、爆弾一つで燃え上がる。

このことは敵もわかっているだろう。そうなると、互いに夜襲を行う能力を持っていても、一撃離脱が困難な夜襲は行うまい。互いに電探があるとわかっているなら、なおさらだ。

そうであるなら、明るくなってから互いに動き出す。正確な位置を把握してから攻撃するか、多少は分散しても時間を優先するか。そこが勝敗を分けるだろう。

ただ、敵になくて自分たちにあるのは戦艦二隻だ。確認してはいないが、米海軍の低速戦艦と空母が行動をともにするとは思えず、また真珠湾のあとでは米海軍が運用できる戦艦も、ほぼないはずだった。

「三航戦に打電。針路変更だ」

井上は合流予定の三航戦にそう命じた。

2

スプルーアンス司令官の要請により、ポートモレスビーと北オーストラリアから飛行艇や水上機が索敵のために出動した。

要請は深夜のうちに行われていたので、早朝には偵察機を出すことができた。

ただし、スプルーアンスの要請に対して実際に現場ができることは限られていた。

ポートモレスビーは虎の子の飛行艇は使えず、旧式の水偵しかない。北オーストラリアからは飛行艇を出せたものの、距離が遠いので索敵にかけられる時間は乏しい。

そのため、付近を航行中の軍艦からも水上偵察機を出すという騒ぎになった。

ただ、スプルーアンス司令官自身はそうした事情まで知らなかった。彼としては、ゴームリー中将を介してB17爆撃機も索敵に参加すると思っていた。

彼はそういう要望をニミッツ司令長官に伝えたが、ゴームリー中将から米陸軍航空隊に話が行く過程で情報の劣化が起こり、結果としてB17爆撃機は飛んでいない。そうして海軍部隊だけで索敵が行われていた。それでも小型機はそれなりの延べ数が出ており、米太平洋艦隊司令部も数だけは問題ないと考えていた。

ただし、B17爆撃機が出動していないことは、スプルーアンスには伝えられていなかった。空母部隊の活動を秘匿するため、通信量を最小にするという判断からだった。

もっとも、索敵は決して無駄ではなかった。少なくともスプルーアンスには、それなりに意味のある結果がもたらされたのであった。

その水上偵察機はたまたま偶然、この海域を航行中に索敵に参加するよう命じられた船舶の艦載機だった。その船自体は海軍の人間が乗船していたものの、軍艦とは言いがたい。

改造された徴傭船舶で、ポートモレスビー近海まで進出し、そこから水上機を飛ばす。

港に入らないのは、日本軍の攻撃を避けるためと、そもそも座礁した船舶などがあり、大型船舶の入港が難しい。だから手前で発艦させるのだ。

発艦といっても巡洋艦でもなければ、水上機母艦でさえない。だからカタパルトなどはなく、艦載機を発進させる時はクレーンで船倉から海面に移動させ、そこからとなる。

船は四機の水上機を搭載していた。それがこの船の限界だった。

翼がたためる艦載用の水上機ではなく、ハリケーン戦闘機にフロートを取り付けたという水上機である。

フロートも間に合わせのもので、ポートモレスビーに到着したらフロートは取り外し、陸上機として働くことが求められていた。

この方法がうまくいけば、戦闘機の増援だけは日本軍に気取られずに続けられる。そうした方法で日本軍への反攻を準備するという動きがあったのだ。

しかし、これも機密事項のため、この船に積まれているのは、部外では水上機としか知られていない。なので実態は戦闘機でも、索敵命令が出てくるわけだ。

それでも現場としては、命令を拒否することはしない。戦闘機パイロットたちにしても、敵と戦えるのは自分たちという頭がある。

こうして四機の水上戦闘機は順番に出撃していった。パイロットたちの士気は高かったが、索敵という面では問題がある。

なにしろ、すべてを一人で行わねばならないからだ。じっさい、四機のうちの三機は機位を見失い、船まで戻らねばならなかった。

だが、一機だけは飛び続けた。彼だけはそうした航法に適性があったのだろう。彼だけは決められた針路を進み続けた。

そして、海上に大型軍艦の航跡を認めた。彼は航跡を発見したことを無線で報告すると、すぐ追跡に入った。

司令部から彼らに流れる情報は迅速であったが、戦闘機からの情報が司令部経由でスプルーアンス司令官に流れるまでには、相応の時間がかかった。

そもそも編制にはこの戦闘機は含まれていなかった。戦闘機隊ですらない。輸送中の戦闘機なのだ。しかも所属はオーストラリア軍である。

そのためスプルーアンス司令官に情報が届くまで、二時間の遅れが生じた。

ただ、戦闘機パイロットの彼がそうしたことを知るはずもない。

航跡から判断すると敵部隊は近いはずだったが、彼はそのことに違和感を覚えてもいた。敵部隊にはレーダーがあるというのに、迎撃機も何も飛んでこない。

空母を探せという命令だから空母がいるはずで、それなら艦載機が迎撃に来るだろう。

彼自身は、戦闘機乗りとして日本軍戦闘機に遅れを取るとは思っていない。この点は普通の水上機よりも有利だとさえ考えていた。

だから艦隊の存在を示す航跡が明確にもかかわらず、何もやって来ないことに彼は疑問を感じたのである。

そしてそれは、敵戦艦の姿を見た時に頂点に達した。

二隻の戦艦は並進していた。先頭を伊勢と日向が進み、その後ろを八隻の駆逐艦らしき船が、それぞれの戦艦の後について並ぶ。

距離をおいて二本の単縦陣があるわけだ。空母の姿は見えないが、水平線の向こうに何かが光った。船なのか飛行機なのかはわからない。

彼はそのことも打電したが、それと同時に激しい対空砲火を浴びた。一番近い単縦陣の戦艦一隻と八隻の小型艦艇から、対空火器の十字砲火を浴びたのだ。

たった一機の水上戦闘機に浴びせられる対空砲火により、状況を報告する間もなく撃墜されてしまった。

3

「二時間前の情報か……」

スプルーアンス司令官は、敵戦艦発見の報告をどう解釈すべきか考えあぐねていた。

状況から判断しても、戦艦部隊は不可解な場所にいた。ラバウルに戻るには遠まわりであるし、空母部隊と合流できるだけの時間はあったはずだが、合流もしていない。

一番の謎は、偵察機が接近してきたのに迎撃機はなく、対空砲火で撃墜されたらしいということだ。

素直に解釈すれば、敵戦艦部隊は空母部隊との合流を果たせていないことになる。ただ戦艦部隊はレーダーを有しているから、偵察機を発見はできたはずだ。じじつ、それは対空火器で撃墜された。

自分たちが攻撃を仕掛けた時とは明らかに反応が違う。

「単縦陣で航行していたのは、速度が要求されていたためでしょう」

参謀が指摘する。

「おそらく昨夜の失敗で敵空母部隊は撤退した。しかし、それでは戦艦部隊が危険である。なので空母部隊は、戦艦部隊のエアカバーを提供しようとした。

だが距離が遠すぎて、偵察機の接近を阻止できず、対空火器での応戦となった。

そう考えるなら筋が通ります」

「だとすると、いまは合流しているのか」

「たぶん、合流はしていないでしょう」

「なぜだ？」

「戦艦部隊が発見されてしまったからです。戦艦部隊の針路と速力はわかっています。そこで空母部隊が合流すれば、彼らの位置もわかってしまう」

しかしながら、スプルーアンスはその意見には疑問があった。

「合流して守りを固めればいいではないか」

「普通ならそうした判断になるかもしれません。ですが敵はミッドウェー海戦により、大型正規空母を三隻も失っています。

彼らにとっては、空母の維持と安全こそが優先される。空母のためには危険を冒せない。

彼らが存在を秘匿して空母部隊を投入したのも、言い換えるなら、絶対的に有利な状況でない限り、敵は空母を出さないということです」

「なるほど。ならどうすべきだ？」

「当初の計画通り、戦艦部隊を攻撃することです。戦艦二隻が撃沈できたら、日本軍への打撃は少なくありません。

仮に空母部隊が参戦したならば、こちらから空母へと攻撃をかけられます。重要なのは、敵は我々の位置を知らないということです」

「戦艦にせよ空母にせよ、敵に対して一方的な攻撃を仕掛けることができるわけか」

スプルーアンスには、それはなかなか魅力的な案に思えた。

「よし。戦艦部隊への攻撃隊を編成するか」

そして一時間後、五〇機あまりの戦爆連合が第二戦隊の戦艦群に向けて出撃した。

4

この時、並進している伊勢と日向では、距離から言えば米軍部隊に一〇キロほど近い位置にいた伊勢の電探が最初に敵編隊を察知した。

井上司令長官は旗艦である伊勢の指揮所で、対空戦闘準備を命じた。この命令に伴い、日向の部隊は伊勢の部隊と離れていく。ほぼ二〇キロほどの間隔をあけるのである。

零観はいつでも飛べる態勢であったが、井上は二回目は出さなかった。先の経験から敵は零観が現れれば警戒し、真っ先に撃墜しようとするだろう。

四機の零観を出して、みすみす全滅させるような真似は彼にはできなかった。

すべてはタイミングの問題だ。

「友軍機、接近してきます！」

伊勢の電探が三航戦の戦闘機隊の姿を捉えた。数は一五機とのことだったが、空母自身も守ることを考えたら、一五機が限界だろう。

三航戦の戦闘機隊には、伊勢の電探室から直接、無線電話による通信が送られていた。敵部隊の動きはそうして随時送られていく。

しかし戦艦伊勢は、ここで敵戦爆連合をそのまま受けとめる形となった。高角砲が照準を定めている中、電探室より報告があった。

「敵編隊は二波に分かれています」

それは井上が計算していたことだ。二〇キロ離れた二隻の戦艦部隊がいれば、敵は二つに分かれるだろう。迎撃戦闘機もやってこないとなれば、部隊を分割しても問題はない。

仮に戦闘機隊が現れるとしても、その前に伊勢を沈めてから合流すれば間に合うとでも考えているのかもしれない。

単縦陣の護衛艦艇は、高角砲を次々と米軍の戦爆連合へと向けた。対象となる敵は二五機に減っている。ＳＢＤ急降下爆撃機などの攻撃機は、その中で二〇機を切っているだろう。

護衛の戦闘機はこの状況でなんの役にも立たなかった。濃厚な弾幕の中で、照準器の性能向上もあり、五機の攻撃機が戦線を離脱した。

わずか五機とも言えるが、二五機の敵部隊と考えれば大きな戦果だ。

そして、敵部隊がなおも前進を続ける中、伊勢の陣形は単縦陣から輪形陣に切り替わっていた。

高射砲による対空射撃を続けながらの陣形の転換だが、部隊はごく自然にその陣形転換をしてのけた。

輪形陣への転換を終えた段階で、対空戦闘の主役は高角砲から機銃へと切り替わっていた。

そして高角砲の照準は、日向に向かった敵の戦爆連合二五機へと向けられていた。伊勢と日向の間、二〇キロのエリアに入った米軍部隊は、前方の日向と後方の伊勢、それぞれの部隊の高角砲の攻撃にさらされる結果となった。

これは日向に向かった戦爆連合にとって、予想外の展開だった。前方からの対空火器を避けようとしても、後方から撃ってくる。反転しても逃げ場はなく、横にそれれば攻撃は受けないが、こちらも敵艦に近づけない。

戦艦伊勢の部隊がこうした思い切った行動をとったのは、敵の攻撃機がSBD急降下爆撃機だけであり、急降下爆撃は接近しなければ爆弾は命中しないと計算してのことだ。

爆弾が命中しない距離のSBD急降下爆撃機よりも、脅威になるほど接近した攻撃機へ優先的に火力を向けるなら、高角砲は日向に向かう攻撃隊に向けるほうが合理的ということだ。

じっさい四連二〇ミリ機銃をはじめ、照準装置を改良した対空機銃陣は目覚ましい働きをした。昨日の戦闘で、現場でできる改善を施したことがまずある。

一番効果が大きかったのは脅威度の判断で、脅威度の大きいものから攻撃目標に定める。これには電探室も関わった。全体の状況として、伏兵などがいないかを確認するためだ。

さらに敵機撃墜よりも、敵機を無力化することに重点が置かれた。これは同じことのように思えるが、損傷などで脅威度が低くなった相手がいたら、すぐにより高い脅威度の敵機に照準を合わせるということだ。

これは伊勢を攻撃する側から見れば、日本軍の敢闘精神の欠如に見えた。ともかく撃墜しようとしていないとしか思えなかったからだ。

ある意味、それは正しい。しかし、敢闘精神に欠けるように見えながらも、肝心の戦艦伊勢には一発の爆弾も命中していない。

何機かは爆弾投下を行ったが、それらはことごとく外れている。逆に、そこから投弾しても命中しないエリアの攻撃機が何をなそうが、対空戦闘の部署についている将兵は気にしていない。

撃墜機が意外に少ないことと爆弾が命中しないことに対し、彼らは伊勢の操艦の妙に原因を求めたが、結果としてそれは、攻撃機側が戦艦の未来位置に爆弾を投下しようという動きとなり、やはり外れた。

撃墜を含めて一二機のＳＢＤ急降下爆撃機が無力化され、残りのＳＢＤ急降下爆撃機は爆弾投下を成功させたが、命中などしなかった。

戦艦伊勢への攻撃はこうして完了し、残存機は空母に戻っていった。

悲惨なのは日向の攻撃に向かった部隊だった。伊勢と日向の両方から高角砲の攻撃を受けたことも損害拡大につながったが、それだけではなかった。

高角砲の射撃が一時的に途絶えた時、彼らは編隊を再編した。まさにそのタイミングを狙って、三航戦の零戦一五機が突入してきたのである。

編隊を再編したといっても攻撃機と戦闘機が集結しただけで、編隊全体の位置関係までは整備されていない。

その渦中でSBD急降下爆撃機の集団に零戦が襲いかかったのだ。戦闘機などないと思っていただけに、完全な奇襲となった。

彼らにしてみれば、戦闘機がいたなら、もっと早く現れろとでも言いたいところだったかもしれない。

F4F戦闘機隊は数が少ないこともあって、この状況ではほとんど傍観者的な立ち位置に甘んじていた。

高角砲弾の弾幕の中では回避することしかできず、零戦隊が襲撃してきたのは彼らのいない領域からだった。このへんのタイミングは戦艦伊勢と日向の電探が決め手となった。

零戦隊は一撃離脱でSBD急降下爆撃機隊を襲撃すると、戦域から退避した。そしてそのタイミングで、高角砲が激しい対空戦闘を再開する。

攻撃を避けようとしてSBD急降下爆撃機の一群が集結し、それをF4F戦闘機隊が今度こそ防御しようとしていた矢先に、高角砲が前後から砲撃を加えてきたのだ。

それでも彼らはこの時点で、それほどの危機感を抱いてはいなかった。日本軍戦闘機は去って行ったし、対空火器による撃墜数は思ったほど出ていない。

だが、SBD急降下爆撃機で爆弾を投下できる状態なのは、五機程度にまで減っていた。ほかの爆撃機はすでに帰還していた。対空火器で撃墜されるわけにはいかないのだ。

しかし、高角砲の攻撃が再びやんだ時、零戦一五機が二度目の攻撃を仕掛けてきた。

その攻撃は鎧袖一触であった。三倍の数の戦闘の攻撃を受けて、無事な攻撃機隊があるはずもない。そして、この戦闘でF4F戦闘機隊の出番はほぼなかった。

高角砲の照準もまた電探による状況判断によって指示され、戦闘機隊と攻撃機が分断されていたことに彼らは気がつかなかった。

SBD急降下爆撃機隊がほぼ全滅した時点で、零戦隊は空母に戻る。さすがに銃弾と燃料が心もとないからだ。複雑な機動は燃料消費も馬鹿にならない。

一方のF4F戦闘機隊は零戦の追撃を考えないではなかったが、燃料のことを考えると、こちらも空戦ができるような状況ではない。

決定的なのは、対空機銃の射程圏に突入したため、重厚な弾幕で一機が撃墜されたことだ。戦闘機で戦艦は撃沈できず、戦闘機隊は引き上げるしかなかった。

5

「事実上の全滅だと！」

スプルーアンス司令官は、第二次攻撃隊の惨状に言葉もなかった。

直接的な撃墜数はまだしも、損傷機が多すぎた。修理不能の飛行機は比較的少なかったが、それはこの状況では大きな問題だった。

修理不能なら捨てればいい。それで問題は解決する。しかし修理可能となれば、どんなに手間がかかっても修理しなければならなくなる。

つまり、整備などは修理にマンパワーを取られ、稼働率低下につながる。しかし修理しないと、やはり稼働率は下がるのだ。

スプルーアンスにとって厄介なのは、この状況に至った理由がいまひとつ不明確であることだ。

どうも戦艦部隊の近傍に空母部隊が潜んでいるのは間違いない。だから迎撃戦闘に現れたのだ。

「戦闘機隊の奇襲を受けたことが最大の敗因なのか？」

航空担当の参謀は、スプルーアンスの質問にイエスと答える。

「敵戦闘機はF4F戦闘機との交戦は避け、徹底してSBD急降下爆撃機を狙い、一撃離脱を繰り返したとの報告が入っています」

「わが方の戦闘機との交戦は避けたのか」

参謀の報告は間違いではなかったが、じっさいよりもかなり歪曲されていた。意図して歪曲したわけではなかったが、帰還した搭乗員たちの証言しかないため、こうなったのだ。

むろん時系列で情報を精査し、整理すればより正確な報告はできたわけだが、いまの彼らにその時間的余裕はなかった。

「しかし、敵戦闘機が我が方の戦闘機との交戦を避けるとは意外だな」

　それはスプルーアンスの率直な意見であった。だが、参謀はその理由を説明できた。

「ミッドウェー海戦のせいではないでしょうか。あれにより日本海軍は多数の熟練搭乗員を失いました。なので戦闘機との交戦を避けたのでは。敵のパイロットは若年者ばかりなのでしょう」

「それが正しいなら、日本軍にとっては空母戦こそ鬼門かもしれんな」

　スプルーアンスは、日本軍が戦艦ばかりを前面に押し出してくる状況に疑念を抱いていたのだが、参謀の仮説は色々と彼を納得させた。

　戦艦と対空火器を前面に出せば、空母への負担が減る。経験の浅い搭乗員たちに経験を積ませるため、水上艦隊の火力でできるだけこちらの航空兵力を減殺するほうが有利というわけだ。

「こちらが敵戦艦のレーダーに捕捉され、敵戦闘機隊が出動するまでの時間はわかるか」

「推測せざるを得ないデータもありますが、常識的な数値には絞り込めます。敵空母との距離を割り出すのですね」

「そういうことだ。敵戦艦部隊に対して陽動部隊を出す。それに敵戦闘機隊が出動した時点で、本隊が戦艦を避けて敵の本丸に突っ込むのだ。空母を失えば、次は戦艦に取りかかれる！」

6

「伊勢、日向の電探の計測結果からすれば、敵空母部隊の方位はこうなります」

井上司令長官の前で航海参謀が海図にデータを記入していく。

「敵が先手必勝で夜明けとともに出撃したとすれば、遭遇した時間からすると、襲撃された時点で、敵空母は一五〇から二〇〇キロの位置にいたことになります」

三航戦から攻撃するには、可能ではあるが、やや距離がある。それに井上としては、直接の空母戦は可能であれば避けたい気持ちもある。

正確には、確実に敵空母を仕留めたいのだ。ミッドウェー海戦後の力関係を考えるなら、空母二隻を撃沈できるなら、その後の作戦展開がかなり違ってくる。

「よし、出撃だ！」

7

日本軍空母を撃破する準備は、予想以上に手間がかかった。損傷機の整備に時間が必要だったためだ。

損傷機を修理しなければ、出撃のための攻撃機が揃わない。ここは兵力の逐次投入が許されない場面だからだ。

そのためスプルーアンス司令官はF４F戦闘機を常に上空警護に出し、レーダーにも警戒を厳重にするよう呼びかけた。

兵法の常識からして、米軍側の出動が遅れている中で、日本軍が先制攻撃に出る可能性が高いからだ。

損傷機の修理には思いのほか、時間がかかった。それだけ戦闘が苛烈だったのだろう。無事に帰還したので修理は容易と思っていたが、それはとんだ認識不足であった。

整備長によると、敵は撃墜よりも攻撃を断念させればいいと考えている節があるらしい。撃墜は難事業だが、追い返すだけならそれほど難しくないという判断だ。

それが正しいかどうかはわからないが、修理すれば飛べる機体ばかりが並ぶなか、攻撃隊の再編は進まない。

ただ不思議なのは、日本軍空母の活動がまるで見られないことだ。自分が日本軍の指揮官なら、もう攻撃を仕掛けて来てもいいはずだ。

むろん、自分たちの所在を彼らは知るまい。しかし、それでも索敵は可能であるし、戦艦部隊を攻撃したのだから、捜索範囲は絞られるだろう。

仮に索敵に失敗しているとしても、レーダーに機影の一つも映らないというのはやはりおかしい。敵は索敵さえしていないのか。

「敵部隊は撤退したのか」

スプルーアンスはその可能性も考えたが、それもあり得そうにない。不本意ではあるが、敵戦艦部隊はこちらを退けている。

だから、むしろ敵にとっては攻撃のチャンスではないか。そもそも攻勢に出るために空母部隊は進出してきたはずで、それがここで何もしないのはおかしいではないか。

「それとも大きな罠にはまっているのか」

そうした中で、意外な報告がレーダー室よりなされた。

「敵艦隊が接近中です。速力が低いことから戦艦部隊と思われます」

「戦艦部隊が接近中だと!?」

日本軍は何を考えているのか？　レーダー室によれば、敵もこちらの存在に気がついたらしく、ほぼ同じ距離を保つように運動しているらしい。

念のため、スプルーアンスは空母部隊の針路を変えさせてみたが、敵はそれに追躡していた。

「敵艦の数は一〇隻です」

「一〇隻？」

航空隊の報告では、敵艦隊は単縦陣二つで一八隻ではなかったか？　一つの艦隊が九隻という計算だ。もっとも戦闘中の部隊が空中から数えたものであるから、一隻くらいの誤差はあっても不思議はない。

問題はそれより、敵の艦艇数が減っていることだ。これはどう解釈すべきなのか？

しかし、迷ってもいられない。この戦艦部隊に攻撃を仕掛ければ、確実に敵の空母部隊の知るところとなるだろう。

「当初の計画通り陽動部隊を差し向け、敵空母をおびき出すしかあるまい。奴らは自分たちに攻撃を集中させ、空母ががら空きになるのを待っているのだ」

状況から考えられるシナリオはそれだった。ならその策に乗ったと見せかける。

「敵は我々の戦力が激減したと判断しているのだろう。だから、わずかな部隊でも誘い出すには十分なはずだ」

おそらく日本軍機なら、あれだけ損傷したら修理不能なのではないか。このあたりは完全に工業力の差だ。

だが、アメリカは日本より高い工業力を持っている。それが敵の誤算となった。

敵襲に備えて、五機のSBD急降下爆撃機を戦艦部隊の攻撃に向かわせる。

「戦艦にだけ攻撃を集中しろ。投弾を終えたら帰還せよ」

スプルーアンス司令官は、それだけを部隊に命じた。


ほどなくして五機のSBD急降下爆撃機が敵戦艦部隊に向かって飛ぶ。互いにレーダーの射程圏内なので、飛び立つとすぐに敵艦隊が見えてきた。

「敵は戦艦二隻！」

これは計算外だった。数が合わないと思ったら、戦艦が一隻ではなく二隻いる。

指揮官はとりあえず先頭の一隻に爆撃を集中しようとするが、対空火器の密度は尋常ではなかった。

この時点まで空母部隊の将兵は、自分たちが甚大な被害を受けたのは敵戦闘機隊の待ち伏せのためと解釈していた。

じっさい零戦により撃墜されたＳＢＤ急降下爆撃機は多数あったが、対空火器は撃墜よりも損傷のほうが多いからだ。

撃墜されなかったことで、その脅威を正確に理解したものはいなかった。じっさいに攻撃に参加したＳＢＤ急降下爆撃機でさえも、戦闘機から逃れることにばかり注意が向いており、対空火器への認識は二次的だった。

しかし、攻撃機だけが五機やって来たという状況では条件が違いすぎた。彼らは対空火器だけに直面することになったが、そこではじめて、それが恐ろしいものだとわかった。

戦艦二隻の重厚な対空火器もあり、ＳＢＤ急降下爆撃機の周辺は、どこも炸裂する砲弾で埋め尽くされる。

直撃し、撃墜されるＳＢＤ急降下爆撃機こそなかったが、主翼を破片で破壊され、操縦不能で墜落するものや、エンジンが故障し、戦線離脱を強いられるものが続出する。

結果的に、この五機は一機も投弾を完了することができなかった。陽動のためにしても満足できる結果ではない。

こうして貴重な稼働機を五機も減らすこととなる。スプルーアンスにとっては完璧な誤算だ。

だがある部分は、彼の予想が当たる。

「敵航空隊が接近中です！」

二隻の空母ホーネットとサラトガから、日本軍機に対する迎撃戦闘機隊が出撃する。

それらは準備されていたものだから、出撃自体に問題はなかった。問題はＦ４Ｆ戦闘機隊の数であった。

連日の出撃と、整備関係は損傷したＳＢＤ急降下爆撃機が優先されたために稼働できる戦闘機の数は思いのほか、少なかった。

そのため一部のＦ４Ｆ戦闘機は整備が不十分だったが、それでも彼らは飛ばねばならなかった。

当然のことであるが、日本軍攻撃隊を発見したのは対空見張レーダーで、対水上レーダーではない。そして、対空と対水上では原理的な問題から有効範囲が違う。対空のほうが広いエリアを見張ることができる。

このことが意味するところを、彼らは知ることとなった。敵部隊の機影が見えた頃、彼らは突然、対空火器の洗礼を受ける。

水上見張レーダーには捕捉されていなかった小型艦艇八隻が、F4F戦闘機隊に向かって対空射撃を始めたのだ。

どうやら、そのために敵部隊は戦力を割ったらしい。こちらに戦艦を加えなかった理由はわからない。大型艦はレーダーで発見されると考えたためか？

高角砲と対空機銃の攻撃は、戦闘機隊には脅威であったが彼らは散開しなかった。いままでの戦闘では、戦闘機隊にさほどの被害は出ていなかったからだ。

それは、いままでSBD急降下爆撃機を最優先で攻撃していたためなのだが、F4F戦闘機隊のパイロットたちにはそうした全体状況はわからなかった。彼らとて、まず目の前の脅威から逃れることに必死だったのだ。

結果として、そのことが彼らには不利に働いた。F4F戦闘機は次々と対空火器に喰われるか、戦列を離れることを余儀なくされる。

通常なら飛び続けられた戦闘機も、何度も出撃し、十分な整備も受けられないならば、わずかな傷も命取りになりえる。

護衛艦隊八隻の作り出した対空火器陣地を通り抜けると、やっと日本軍の戦爆連合と接触することになる。

敵戦力は総勢三〇機程度と思われた。敵空母二隻という割には少なく思えたが、それは第二次攻撃隊を用意していることを意味しているのかもしれない。

その三〇機ほどの戦爆連合の半数は爆撃機、半数が戦闘機で、なぜか雷撃機がなかった。

しかし、すでに一〇機程度にまで数を減らしていたF4F戦闘機隊には、自分たちより数でまさる零戦隊のほうがより重要な問題だ。

対空火器で分散されたF4F戦闘機隊は、チームとしての連携ができていなかった。だから零戦隊に簡単に各個撃破されてしまった。

三航戦の攻撃隊を阻止するものはいなくなった。これに対してスプルーアンス司令官はすぐに増援を送るべきだったが、彼はそれどころではなかった。

8

スプルーアンス司令官は空母ホーネットとサラトガを、敵空母がいるであろう方角に針路を切った。

戦艦部隊はいままで距離を保っていたのだが、ここに来て急激に間合いを詰め始めた。互いに接近する形になったため、両者の距離は急激に狭まっていく。

このことはスプルーアンス司令官も報告を受けていたが、状況の進展が急激なため、事態を把握することに精一杯で即時の対応はできなかった。

いままで攻撃される側の敵戦艦は、自分たちを避けるか、日本軍空母を守る方向でしか動いていない。だから、ここに来ての接近の意図が読めなかった。

しかし、それもすぐにわかった。二隻の日本軍戦艦は、主砲の三六センチ砲一二門を空母に向けて放ったのだ。二隻で二四門の砲弾となる。

位置関係ではホーネットよりサラトガが戦艦より離れおり、砲弾はサラトガの後ろ側に弾着した。

遠距離すぎて外れたと、最初は思ったスプルーアンスであったが、すぐにそれどころではないことに気がつく。

戦艦より空母のほうが高速だが、サラトガが反転して回避しようとすれば、戦艦の砲弾の弾着点を通過しなければならない。

つまり、自分たちはすでに日本軍戦艦の主砲の射程圏内におり、脱出しようとすれば砲弾の直撃を食らう恐れがあった。

Ｆ４Ｆ戦闘機隊の増援を出すどころではない。砲撃を避けようとすれば、それを見透かしたかのように砲弾が落ちてくる。

戦艦など空母に沈められるだけの存在という先入観が、敵戦艦の接近を不覚にも許してしまったのだ。彼らにとってさらに不利なのは、日本軍艦爆隊の存在だった。

急降下爆撃機で飛行甲板を破壊する。それは空母戦のイロハだが、日本軍艦爆隊はそれを実行しようとしていた。

直上の戦闘機は零戦隊に一掃され、空母は対空火器で応戦するが、爆弾投下が可能な位置までは艦爆隊も接近しない。

空母は操艦でこの難を逃れようとするが、砲弾と艦爆隊の動きから、その退路は限られていた。

空母二隻は巧みに誘導された方向に進んでいた。そして気がつけば、ホーネットとサラトガは一〇キロ近く分断されていた。

ここで艦爆隊が一斉に空母サラトガに殺到する。一五機の艦爆の一〇発が命中するという命中精度で、空母サラトガは飛行甲板から格納庫へと大火災を起こした。

空母ホーネットは無傷であったが、航空隊を出せる状況でもなかった。日本軍の航空隊は増援を出したようで、空母上空には戦闘機が舞っている。ここで出撃すれば飛行甲板で撃墜されよう。

炎上するサラトガは旗艦であったから、スプルーアンス司令官は一時的に駆逐艦に将旗を移すしかなかった。

そして空母ホーネットに向かう中で、彼は炎上するサラトガに、ついに戦艦の砲弾が直撃する場面を目撃する。

ほぼ最大射程に近かったのだろう。砲弾は落角で六〇度以上の、主観的にはほぼ垂直に命中し、飛行甲板をぶち抜いて艦内で爆発した。

爆弾は甲板に命中しても格納庫までだったが、砲弾は格納庫も貫通した。これがほぼ致命傷となった。

米空母部隊の将兵にとって、戦艦の砲撃で空母が轟沈（ごうちん）する光景は圧倒的だった。水上艦艇の王座を戦艦は容易に譲らないという決意の現れにさえ見えた。

空母ホーネットは、まだ残っていた。残っていたが、彼女の命運も尽きようとしているのは明らかだった。

しかし日本軍は空母ではなく、まず巡洋艦を優先的に攻撃し始めた。

最初の一隻は自分たちが主目標になっていることがわからないまま、空母を守るべく戦闘を続け、多数の爆弾を受けて大火災が起こった。

第二と第三の巡洋艦は、敵空母部隊の増援により撃破された。いずれも雷撃機で、これらもまた空母が狙われていると考え、一隻は「空母を守るため」に自らを航空魚雷の前に差し出した。

巡洋艦三隻の撃破により、駆逐艦も乗員の救助にあたらねばならず、空母ホーネットはほぼ丸裸であった。

スプルーアンス司令官は、この状況で容易に空母ホーネットに接近できなかった。ホーネットが敵の攻撃を回避するため、どんどん本隊から離れていくためだ。

そして、三機の雷撃機がホーネットに迫った。ホーネットも最大限の抵抗を行い、二機の雷撃機が撃墜されたが、一機は雷撃を成功させた。

航空魚雷の白い航跡がホーネットの舷側に命中した。これによりホーネットは傾斜を起こしたが、それは航空隊の発艦が完全に不可能であることを意味していた。

ここでチャールズ・マンソン艦長は、後の世で議論を巻き起こす命令を下した。

「総員退艦せよ！」

それは日本軍の砲弾が、ホーネットから見て近弾になった時でもあった。

チャールズ艦長の考えは、日本軍に制空権を掌握され、戦艦の砲撃でサラトガが沈められ、巡洋艦も失った。

現状ではホーネットは救えない。ならば傷が浅いうちに乗員を脱出させるべきだ。乗員さえ無事なら、再起は果たせる。

多くの人間が彼の判断を妥当なものと受けとめた。ただこの時点で、ホーネットの損傷は航空魚雷だけであり、総員退艦は早計という意見もあった。

乗員たちは順番に脱出し、ほどなくして友軍の駆逐艦に救助される。

こうして海戦は終わった。

9

「艦長だけか、身柄を確保できたのは」

井上の質問に、空母ホーネットに乗艦した陸戦隊の隊長が報告する。

「チャールズ艦長は艦と運命をともにする決意であったようです」

「なるほどな」

空母ホーネットは損傷していたが、日本海軍の手によって鹵獲された。伊勢と日向の激しい砲撃に、米海軍将兵は空母ホーネットは沈められたと判断した。

だがこの時点で、井上は砲撃の照準をずらさせた。鹵獲できると判断したためだ。

空母ホーネットを鹵獲したことは、宣伝戦での大きな戦力となる。

宣伝戦が効果を発揮するなら、それだけ日本軍将兵の命が救われる。

それにホーネットを戦力化できるなら、空母戦力の増強にもつながる。

「しかし、チャールズ艦長には申し訳ないことをしたな。彼はこの先、十字架を背負うことになるだろう」

それだけは井上も心が痛い。

「ホーネットも沈めるべきだったのか……」

（帝国電撃航空隊　了）

コスミック文庫

帝国電撃航空隊 3
珊瑚海最終決戦

2024年5月25日　初版発行

【著 者】
林　譲治

【発行者】
佐藤広野

【発 行】
株式会社コスミック出版
〒154-0002 東京都世田谷区下馬 6-15-4
代表　TEL.03(5432)7081
営業　TEL.03(5432)7084
　　　FAX.03(5432)7088
編集　TEL.03(5432)7086
　　　FAX.03(5432)7090

【ホームページ】
https://www.cosmicpub.com/

【振替口座】
00110-8-611382

【印刷／製本】
中央精版印刷株式会社

乱丁・落丁本は、小社へ直接お送り下さい。郵送料小社負担にて
お取り替え致します。定価はカバーに表示してあります。

ISBN978-4-7747-6561-7 C0193

長編戦記シミュレーション・ノベル

大和、超弩級空母へ!!
極秘最強艦隊、出撃す！

超武装空母「大和」全4巻

野島好夫 著

定価●本体710円＋税

定価●本体700円＋税

定価●本体700円＋税

定価●本体700円＋税

絶賛発売中!

お問い合わせはコスミック出版販売部へ!
TEL 03(5432)7084

長編戦記シミュレーション・ノベル

世界、真っ二つ——！
自由連合VSナチス

世界最終大戦 全3巻　羅門祐人 著

定価●本体1,020円＋税

定価●本体1,020円＋税

定価●本体1,090円＋税

絶賛発売中！

お問い合わせはコスミック出版販売部へ！
TEL 03(5432)7084